西方名媛

the occident distinguished women

作者 / 喬凡尼·薄伽丘　Giovanni Boccaccio

譯者 /　蘇隆

閱讀這本書，將是一場捕捉軼聞奇趣的遊戰，
它包含種種帶來心靈顫動的方法。
使我們進入生活的真正和諧。

作者總能賦予他所要表現的形象以奇特的生命力，
這使得她們的形象反而模糊不清，
似乎既遠離我們又彷彿就在現實的身邊。

任何人都難以說出，最終獲勝的，是薄伽丘神奇得令人招迷
的描寫守法，抑或那些了不起的女性故事。

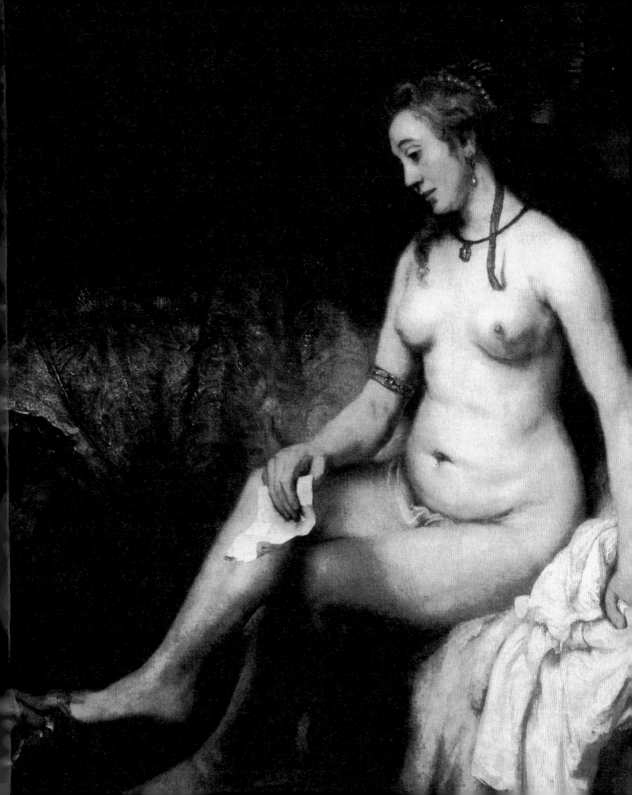

偉大的喬凡尼‧薄伽丘以《十日談》吹響了義大利文藝復興開始的號角，二十年後，他又向世人捧出另一部傳世名作——《西方名女》。

在本書，一些耳熟能詳的人被重新提起，她們在薄伽丘的筆下栩栩如生，每一個人的生平與事蹟都經過考證後以更真實的面目與讀者相見。例如維納斯，眾所周知，她是以美貌出名的女子，在神話中，她還是愛神丘比特的母親。可是，經薄伽丘論證，她居然是一種極端下流齷齪的場所——妓院的發明人與推廣者。

而薄伽丘在這本書中記載的另一個女子——來自巴比倫的少女提斯比，相信很少會有人對她熟知，但是如果說到莎士比亞筆下的茱麗葉，會令許多人腦海中浮現出《羅密歐與茱麗葉》淒美的愛情故事。其實，莎士比亞在寫《羅密歐與茱麗葉》時，基本上照搬了薄伽丘筆下的巴比倫少女提斯比。

若有人向你提及尼科斯特拉塔，你也許不知道，經薄伽丘的記載，她是阿卡迪亞國王的女兒，她曾與兒子建造了帕拉特姆城，這座城即是後來聞名於世的偉大古城羅馬，她還發明了十六個字母，並教會當地人組合使用。這些字母就是充滿了新奇力量的、至今仍在使用的拉丁字母。

這些故事在薄伽丘筆下、在這本《西方名女》中比比皆是，這也就是為什麼此書會成為西方上流社會女孩一出生後的第一本閨門讀物的重要原因。

目 錄 *Table of Contentes*

Table of Contentes

Table of Contentes

夏娃
——眾生之母

我要稱頌的這個女人——夏娃（Eve），因其無與倫比的榮耀而舉世聞名。因此，從我們大家稱頌的這位母親寫起，是較爲妥當的。正由於她是所有母親當中最古老的、也是人類的第一位母親，所以理應獲此殊榮。

她並不出生在人間——這個不幸的苦難谷中，而我們其餘的人卻統統生在這裡，並在其中苦苦勞作。她獲得生命的方式與我們截然不同：萬能的耶和華在創造萬物之後的第六日，用地上的塵土，按照自己的形象，創造了一個男人，爲他取名爲亞當。並把他從後來被叫做達瑪塞納斯的野地送進了那個被稱爲地上天堂的人間樂園——伊甸園。

然而，亞當一個人在伊甸園裡生活感到無比孤單，於是上帝使亞當沉睡，從他身上取下一根肋骨，用這根肋骨造出了天地間第一個女子。這女子已經成熟得可以結婚了。看到樂園中的美景，看到自己的創造者，她喜悅萬分。

她是大自然的心愛之物，也是亞當的妻子和伴侶，他喚她做夏娃。她便是我們人類的第一個母親。

夏娃成了伊甸園的居民。她在

《夏娃的創造》十六世紀 佛羅倫斯 米開朗基羅‧波納羅蒂

那裡出生，在那裡居住。她周身披著一層光輝，和丈夫盡情地享受著樂園的快樂。

這一切，卻遭到了伊甸園中妖艷的蛇的嫉妒，它極欲破壞園中和諧美滿的生活，用狡猾的鬼話使夏娃相信：她若不去服從上帝爲她定下的那個條律，即園中所有樹上的果子都可以吃，唯善惡樹上的果實不可摸，更不可吃——如果敢偷吃那禁果，便會更加快樂。

夏娃相信了蛇的甜言蜜語，愚蠢地以爲吃了禁果會上升得更高。她先哄騙她順從的丈夫，要亞當像她那樣去想。在亞當相信了妻子的話，兩人便津津有味地品嘗了善惡樹上的果實。自此，天眞、祥和的

伊甸園時代消失了。夫妻二人互相對視，突然意識到彼此竟赤身裸體，於是，羞恥之心油然而生。他們繫上了用樹葉做的圍裙，用以遮掩身體的隱秘處。從此人類有了明辨是非美醜的智慧，人間開始了高尚與邪惡的紛爭，開始有了罪惡。這個輕率魯莽、有勇無謀的舉動，結束了他們自己及其未來所有後代的安寧和永生，使他們淪入了充滿焦慮的勞作和悲慘的死亡境地之中，進而，將他們從一個光明的國度帶到了一個滿是荊棘、土塊和岩石的地方。

環繞亞當和夏娃的那層燦爛的光輝消失了。他們受到憤怒的造物主——上帝的訓斥，被逐出了伊甸

《亞當的創造》十六世紀 佛羅倫斯 米開朗基羅・波納羅蒂

園，放逐到了野地上。

　　在那裡，丈夫亞當用鋤頭耕土、種地，夏娃則發明了用捲線桿紡織的技藝。夏娃經歷了頻頻生育的痛苦，也經歷了子孫死亡在她心中造成的悲傷。至於她經歷的冷熱寒暑和其他苦難，這裡便略去不談了。她終於活到了老年，勞作已使她筋疲力盡。最後，只能無可奈何地等待著死亡的到來。

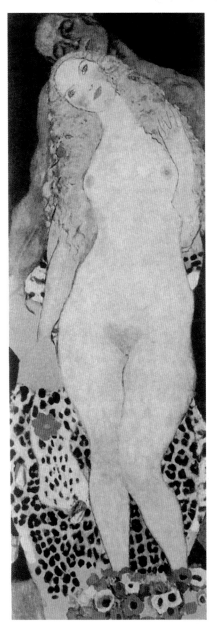

《亞當與夏娃》 克里姆特

塞米拉密斯
——淫邪殘忍的亞述女王

塞米拉密斯(Semiramis)是亞述人的一位著名女王。因爲年代久遠，她父母的全部情況已不爲世人所知。傳說她是涅普頓的女兒，涅普頓是古羅馬神話裡的海神，他的希臘神名叫波賽頓。而古人又錯誤地以爲，涅普頓是傳說中的古羅馬神話農神薩圖爾努斯即天神烏拉諾斯之子克洛諾斯的兒子。我們不太相信這個故事，但它畢竟是個標誌，表明塞米拉密斯父母的身分無疑是高貴的。

塞米拉密斯嫁給了亞述人的著名國王尼諾斯，給他生了個兒子，取名尼倪亞斯，是他們的獨生子。

尼諾斯國王征服了亞細亞直至最後征服大夏人，後因在戰場中流矢身亡。國王去世時，王后塞米拉密斯還很年輕，而他們的兒子還是個孩子。

王后深知，將用武力征服並控制其他民族而建立的龐大新帝國的統治權交給一個這樣小的孩子，是有失妥當的。塞米拉密斯決心不畏艱險，自己挺身而出，用勇敢與智慧親自擔當起統治帝國的重任。

她想出了一個驚人巧計：假扮王子，繼承王位。因爲塞米拉密斯的臉長得很像她兒子，兩人又都沒有鬍子，而她女人的嗓音聽上去也和她年少的兒子毫無二致。若說他們兩個有什麼區別，那只是塞米拉密斯的個子比兒子略高一些。爲了裝扮得更加相像，她總是戴著頭巾，將雙臂和雙腿遮蓋起來。爲了不讓自己的奇裝異服引起國人的懷疑，塞米拉密斯命令每個人要像她

《後宮》 十九世紀 義大利 喬加

那樣穿戴。這樣一來，無論發生什麼情況，都不會洩露她的騙局、妨礙她的行動了。

於是，塞米拉密斯這位曾是去世國王尼諾斯妻子的女子，便這樣假扮成自己的兒子，她隱瞞了自己的性別和真實身分，精力充沛地執掌著王權，維持了對軍隊的指揮。同時她做出了許多唯有最強有力的男人才能完成的偉大功績。

後來，她在公眾面前敞開了自己的真實身分。並和大家講明，她是如何成功地喬裝成自己的兒子行使權力的。她向大家說明，治理國家需要的是勇氣和智力，而不在性別。這種態度無疑提高了她的榮耀和尊嚴，人人都對她讚美不已。

現在請允許我將她的功績更詳細地告訴給大家。塞米拉密斯牢牢地掌握了統治權之後，便以男人的魄力去統帥軍隊。她不僅穩定了丈夫已經獲得的帝國，還經過一系列苦戰，攻佔了埃塞俄比亞，將它納入帝國版圖。

接著，她又親率強大的亞述軍隊攻入印度，以前除了她的丈夫，誰都不曾到過那裡。她還進而佔領了兩河流域，重建了那座曾一度偉大輝煌的古代城市巴比倫，它是由諾亞的曾孫——號稱「世上英雄之首」和「英勇獵戶」的寧錄在示拿建造起來的。她用膠泥與沙土、瀝青和焦油，在城周圍砌了一道城牆，其高度、厚度及周長在當時均屬世上罕見。

在塞米拉密斯的眾多偉績當中，應當特別提到一樁最值得銘記的壯舉，這個故事曾被當作史實記述。一天，太平無事，她置身於眾多侍女當中，安閒地休息。並按當地的習俗嫻熟地梳理秀髮編著髮辮。頭髮編織還不到一半，有人便來報告說巴比倫守軍已經叛變，投向了她的繼子。聽到這個消息，塞米拉密斯立即扔掉了梳子，馬上拿起武器，率軍包圍了那座堅固的城池。經過長時間封鎖，大幅度的削弱了對方的實力，迫使其投降。將巴比倫收復之後，她才有時間將頭髮梳完。後來，巴比倫城內建起了

一座她的銅像來作爲這番壯舉的見證。那銅像的頭髮一邊是髮辮，而另一邊還散著。

塞米拉密斯建造了許多新城，做出了許多功績，但時間卻早已使它們湮沒無聞了。她取得的那些成就，即使對體魄強健的男人來說也是非凡而值得讚美的，更不用說對一個女子了。然而，塞米拉密斯卻用令人不齒的淫邪行爲，將它們全部玷污了。像某些女人一樣，這個勇毅女人也常會慾火中燒。

據說，她曾委身於許多男人。她的那些情人當中還有她的獨生子尼倪亞斯。這種行爲近於禽獸，人類鮮有。尼倪亞斯是個非常英俊的青年，他與母親通姦，整日悠閒懶散地躺在床上，而塞米拉密斯卻一直沒有放棄與敵人奮力作戰。

塞米拉密斯在這種毀滅性力量的支配下，自作聰明地以爲靠權勢就能遮掩淫行的污跡。她曾頒布一道惡名昭彰的法律，允許其臣民在性事上爲所欲爲。一些傳說中還提到，塞米拉密斯擔心宮中的女人們將她兒子從她床上偷走，破天荒地發明了貞節腰帶。她強令宮中所有的女了都戴上這種腰帶，還必須上鎖。據說，這種風俗在非洲的一些地區至今猶存。

有人說，塞米拉密斯既淫蕩又殘酷，她將男人召進王宮，以滿足燃燒的情慾，而和男人交媾之後，爲了掩蓋自己的罪行，她總是立即下令處死他們。據說，在塞米拉密斯懷孕生育通姦行爲暴露時，爲了開脫這些醜行，她才頒布了那道有名的法律。

塞米拉密斯手握重權，雖然在一定程度上掩蓋了自己的淫邪罪行，但是，她依然無法逃避兒子的狂怒。他之所以一怒之下殺死了這位引誘了他的女王，因爲他認爲那種亂倫只屬於他一個人。看到其他人分享，使他無法忍受。或者是由於他母親使他蒙受了太多的恥辱，或者是由於他擔心母親所生的其他孩子會繼承王位。塞米拉密斯在位三十多年，最後死在親生兒子手裡。

俄普斯
——被奉為神明的女子

如果我們迷信古人的說法，無論繁榮的時期，還是貧因的時期，俄普斯（Ops），在希臘神話中被稱爲莉亞（Rhea）的女人都享有耀目的極大聲譽。

古人傳說她是天神烏拉諾斯和該亞的女兒，又是統治者即後來成爲農神的薩圖爾努斯的妹妹和妻子。據說她靠女性的精明，拯救了自己的孩子天神朱比特（希臘神名宙斯）、涅普頓和普路同，使他們逃過了薩圖爾努斯和他泰坦兄弟的

《朱比特的哺育》　十七世紀　法國　尼古拉斯．普桑

殺害。

　　她是希臘奧林匹亞山上眾神之神朱比特的母親。在漫長的年代裡，她幾乎被全體世人當作神明，視爲女神，並享受超凡的榮耀和敬奉，所以死後化爲塵土，被罰入地獄。

　　按古希臘神話傳說，天神烏拉諾斯和大地女神該亞結合後，生了十二個泰坦神，共六男六女，包括薩圖爾努斯和俄普斯。薩圖爾努斯擊敗父親烏拉諾斯稱王後，選擇了自己的妹妹俄普斯作他的配偶。爲了避免喪失王權的巨大災難，薩圖爾努斯將妻子生下的嬰兒一個個吞下肚去。俄普斯求告無用，便採取另一種手段。她很愛她的兒子們。當她的新生兒朱比特出生時，她把他藏起來，用布包裹了一塊石頭，遞給了丈夫，還假裝出一副悲傷到極點的樣子。薩圖爾努斯不知就裡，就把它整塊吞了下去。但當他知道朱比特還活著時，就迫不及待地另謀幹掉兒子的主意。可惜他尚未行動時，便遭到了兒子的攻擊。經過一場短暫而激烈的廝殺，薩圖爾努斯敗下陣來。

　　在母親俄普斯的幫助下，兒子朱比特要來了海神女兒梅提斯準備的嘔吐藥劑，強制薩圖爾努斯喝下，將吞下肚的弟兄姊妹統統吐出來，其中有涅普頓、普魯托和朱諾等。經過一系列戰亂，這些泰坦神們大都成了希臘神話中奧林匹斯山中的各路神祇。

朱諾
——天國天后

薩圖爾努斯與俄普斯的女兒朱諾(Juno)(希臘神名希拉)是曾做過女王的凡人女子。由於詩人的聒噪竟把她變成了天后。

克里特的朱比特是奧林匹斯山的眾神之父，全能之神。朱諾和他同是後來成為農神的子女，她自幼被送到薩摩斯，在那裡被悉心撫養，直到妙齡，後來與自己的哥哥朱比特結成夫婦。因為她是在薩摩

《朱比特與朱諾》 十六世紀末 義大利 安尼巴爾‧卡拉奇

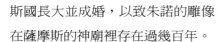

斯國長大並成婚，以致朱諾的雕像在薩摩斯的神廟裡存在過幾百年。

薩摩斯人的確將朱諾看做天國女神和天后，並相信朱諾給他們及後代帶來了榮耀。爲了永遠記住他們與朱諾的這種聯繫，薩摩斯人建造了一座宏偉的神廟供奉她，那神廟比世界上其他任何神廟都更加令人讚嘆。他們還用帕羅斯島的大理石雕刻製作了一尊身穿少女婚禮服裝的朱諾雕像，將它安放在神廟前。從與那位偉大的神王朱比特的婚姻裡，朱諾本人得到了無比巨大的榮耀。朱比特神的力量與聲譽使其名字在遼遠廣闊的世界上不斷傳揚。

朱諾掌管天國的奧林匹斯山的財富，並主管婚配。她護佑生產中的婦女，以及主宰其他許多事情。

在薩摩斯人之後，朱諾又因長期受到伯羅奔尼撒半島北岸阿卡亞王國的阿耳戈斯人和迦太基人的莊嚴崇拜而更加聞名，至於其他人的崇拜那就不消細說了。最後，朱諾的雕像和神位被從維伊送到了羅馬，放在了卡皮托萊尼山朱比特神廟的內殿裡，猶如與她的丈夫團聚一般。長期以來，以世界主人自居的羅馬人一直以天后朱諾的名義舉行各種供奉儀式，即使到了基督時代，也還是如此。

席瑞斯
——古代的豐收女神

《農神狄米特》
十八世紀　法國
讓-安托瓦・華多

席瑞斯(Ceres希臘神名狄米特Demeter)是西西里島(當時屬於古希臘，現為義大利領土)一位非常古老的女王。

　　相傳她是天神烏拉諾斯之子克洛諾斯和該亞的女兒，是眾神之父朱比特的眾多配偶之一，被奉為豐收女神。

　　她智慧無比，不但發明了農耕，而且是第一個馴服公牛駕軛的人。她發明了犁和犁頭，用它們破土耕地，向壟溝中播撒麥種。麥子成熟，她便教給人們如何去掉麥殼、用石滾磨麵，她還教人製作酵母，將磨成的麵粉做成能吃的食物。在此之前，人們只習慣靠吃橡實、野果為生。

　　席瑞斯其實只是個凡人女子，她的這些建樹才使她的人民將她看作女神。人們用神的榮譽讚美她，深信不疑地相信：她就是國王克洛諾斯即後來成為農神的薩圖爾努斯與小亞細亞人崇拜的眾神之母該亞的女兒。

　　據說，席瑞斯的獨生女普洛塞耳皮娜是古羅馬傳說中的冥后，在古希臘的傳說中她又叫珀爾塞福涅，是園林女神。普洛塞耳皮娜曾被莫洛希安國王奧庫斯，即古羅馬傳說中的冥王普路同拐走，這使她的母親席瑞斯非常悲痛，她上下跋涉，歷經許多磨難和坎坷長期四處尋找，產生了許許多多優美動聽的故事。希臘神話中半人半神的特裡普托勒摩斯曾向席瑞斯學會了製犁和種麥，並為她盡心服務。

彌涅爾瓦
——荒謬的智慧女神

彌涅爾瓦（Minerva），在希臘被稱作帕拉斯·雅典娜（Athena）是一位非常著名的神祇少女，她的誕生尤其富於傳奇色彩：眾神之父朱比特忽然患了頭痛病，他將諸神召集到奧林匹斯山研究治療，但毫無結果。

朱比特下令他的兒子烏爾甘用一把斧頭將他的頭劈開。當烏爾甘將父親的頭劈開，彌涅爾瓦從她父親頭顱中跳了出來。她全身披掛，手執長矛，鎧甲閃光，嘴裡哼著凱旋時唱的歌降生於神山。

彌涅爾瓦的出身愈是神秘，人們便愈是深信一些荒謬的傳說。她永遠是一位青春花季的處女。為了使這個說法更可信，那個故事還杜撰說：代表肉慾激情的火神烏爾甘(希臘神名赫懷斯托斯)曾與彌涅爾瓦長期作戰，最後敗北。這象徵著意志和堅貞對慾望的克制。彌涅爾瓦發明了紡毛線：她告訴人們如何洗淨羊毛，如何用鐵梳使羊毛變軟，如何將羊毛在紡線桿上，用手指轉動紡車織成毛線。還說她發明了織布，給人們看織梭如何將棉線織在一起，如何通過重壓使織物更結實。人們還引述彌涅爾瓦與克羅豐的阿拉克尼之間那場有名的競技比賽，說在古代希臘，有一位少女名叫阿拉克尼，她的針線活計，沒有人可與之攀比。她放話說，她不怕在技藝上與彌涅爾瓦比個高低。她的話激怒了女神，彌涅爾瓦來到人間，她要教訓教訓這個狂妄的女子。兩人架起織機開始比賽。彌涅爾瓦織的是她和海神涅普頓(希臘神名波賽頓)戰鬥的主題，阿拉克尼織的是歐羅巴被劫持的故事，圖案完成後，阿拉克尼回過頭瞥視一眼對手的作品，就在這一瞬之間，她已承認自己是失敗了。一氣之

下，她試圖自盡，想一死了之。彌
涅爾瓦看自己的手下敗將即將以一
死逃之夭夭，不由分說將一種毒液

灑在她身上。她的頭髮落了，鼻子
塌了，頭也小了，然後，彌涅爾瓦
把阿拉克尼掛在空中的身體變成一

隻蜘蛛，責令她不停地穿線。杜撰這個故事，完全是爲了讚美彌涅爾瓦的高超技藝。

此外，彌涅爾瓦還推廣了油的使用。此前人們一直不知道油的吃法。她讓人觀看如何用石碾壓碎橄欖，如何裝入石磨壓榨。這項推廣的確十分有用，正是由於這個緣故，當阿提卡半島的人們決定給自己城市取名的時候，才用她的名字命名了雅典。

人們還說：彌涅爾瓦第一個使用了駟馬戰車，第一個製造了鐵製兵器，第一個使用了護身鎧甲，第一個擺出了作戰方陣，並且將戰爭韜略全部教給了人們。

不僅如此，我們還聽說：彌涅爾瓦發明了數字，並將它們按照我們今天見到的次序排列起來。人們還相信她用小鳥的腿骨造出了第一支笛子或牧人的風笛。還有的說她造笛子的材料是沼澤地的蘆葦。因爲她在與蘆葦玩耍時，蘆葦使她的咽喉腫了起來，破壞了她的面容，所以她從天堂把蘆葦拋到了大地上，用它們製造蘆笛。

總之，把眾多榮耀無比慷慨地施與這位神聖的女人，使彌涅爾瓦因爲這些不計其數的發明而成了智慧女神。

他們爲這位女神建造了一座宏偉的神廟，神廟裡的彌涅爾瓦雕像目光炯炯，因爲智者的意圖不能被人看破。雕像戴著頭盔，表示智者的謀略十分隱蔽、深藏不露；身披鎧甲，因爲智者總是隨時準備以武力抵抗命運的打擊；手執長矛，使我們可能悟出智者的矛頭會指向遠方。此外，還有一個水晶盾牌保護著彌涅爾瓦的身體，盾牌上雕刻著曾觸犯彌涅爾瓦，被其將頭髮變成毒蛇的醜陋怪物梅杜莎的頭，表示一切僞裝都騙不過智者的慧眼。他們總是用蛇一般的智慧武裝自己，無知者見到那些蛇便會立即變爲頑石。彌涅爾瓦還養著一隻貓頭鷹，象徵著睿智在黑暗如在光明中。

維納斯
——淫蕩的愛神

有些人認爲維納斯(Venus)是位塞普勒斯女子，但對於她父母是誰，人們的見解卻不一致。在此，我們不去討論維納斯的父親是誰，我將她列爲著名的女人，完全是因爲她的出色美貌，而不是爲某種無稽之談的杜撰。

維納斯的臉龐與全身之美光彩照人。她像一朵百合花，身佩絲帶，湛藍的眼睛柔和而迷人，見到她的人常常對此難以置信並爲之折腰。

有些人說她就是金星，直至今天人們還把金星稱爲維納斯星。

另一些人相信：她是位天界神靈，從朱比特膝頭下凡到了人間。總之，由於這些人都被最深重的無知所蒙蔽，於是都宣布這位女子是一位不朽的女神，而且她是小愛神丘比特的母親。

在塞普勒斯人的古城帕斯，人們焚香供奉維納斯。他們認爲：這位有罪的女子死後會很喜歡妓院的骯髒氣味，她生前曾沉迷其中。其他民族也崇拜維納斯，其中包括羅馬人。古代的羅馬人爲她建造了維納斯神廟，並冠之以「母親維納斯」，「無比智慧的維納斯」等稱號。

沒有必要在這一點上糾纏不休。不過，人們相信維納斯有過兩個丈夫，但其中誰是第一個無法確定。

有些人認爲，維納斯最初嫁給了傳說中的鐵匠神烏爾甘，他是薩摩斯國王、克里特的朱比特之子。烏爾甘死後，維納斯又嫁給了阿多尼斯，他是化作月桂樹的密耳拉之子。我認爲，這個說法似乎比說阿多尼斯是她第一個丈夫更爲可信，理由是：由於維納斯本身性格存在的弱點，或由於她頭腦中充滿的邪

《梳妝的維納斯》
十八世紀　法國
佛朗索瓦・布歇

念驅使，阿多尼斯死後，維納斯便更加放縱自己的淫慾衝動。在那些沒有受到她迷惑的人們眼裡，她的美麗光輝都被她不斷地通姦行為玷污了。

鄰近地區的人們早就知道：維納斯的第一個丈夫烏爾甘曾經捉到她與一個士兵通姦，也許由於這事的緣故，產生了維納斯與戰神瑪爾斯(希臘神名阿瑞斯)通姦的那個神話。

為了掩蓋惡名，自己好更加自由地放縱淫慾，維納斯終於發明了一種極端下流齷齪的場所──妓院，迫使已婚女子進入其中，確立了公開的賣淫制度。

《維納斯的誕生》 十九世紀末 法國 卡巴奈

伊西絲
——被神化的埃及女王

伊西絲(Isis)，以前也被稱爲愛歐(Io)，是埃及的一位極其著名的女王，後來成了一位最神聖、最受崇敬的女神。儘管如此，對她生活的時代及其父母的一些情況，我們還不清楚。著名的歷史學家們對此也存在分歧。

有些史料說，伊西絲是愛琴海阿耳戈斯城邦的第一位國王(傳說中的)河神伊那科斯之女，是佛羅紐斯國王的妹妹。這兩位國王的在位期都在以撒的兒子雅各時代。以撒是《聖經·舊約》中亞伯拉罕和撒拉之子。另一些史料說，伊西絲是太陽神阿波羅(又稱福玻斯)統治阿耳戈斯時期的普羅米修斯的女兒。普羅米修斯是地球之母與烏拉諾斯的後代即泰坦巨人伊阿珀托斯的兒子，偷天火造福人類的未來先知。至於伊西絲生活的時代，肯定要比傳說中的要晚得多。

一些史料認爲：伊西絲生活在雅典國王塞克洛普斯時代。此外，也有一些史料說她在世的時期是阿耳戈斯國王林修斯時期。但是著名歷史學家們的見解並不一致，卻並未動搖，伊西絲是一位最值得紀念的著名女子。

我打算將史料中的不同說法放置一旁，採用大多數人認同的那種觀點。也就是說，伊西絲是伊那科斯國王的女兒，她長得十分美麗。古代詩人想像天神朱比特曾愛上伊西絲並誘姦了她。爲了掩蓋這椿罪行，應天后朱諾(希臘神名希拉)的要求，伊西絲被變成了一頭小母牛，送給了朱諾，朱比特派遣眾神的使者墨丘利(希臘神名漢密斯)殺死了看守伊西絲的百眼巨人阿耳戈斯之後，伊西絲很快便被驅趕到埃及。她在那裡恢復了人形，並將名字從伊俄勒改爲伊西絲。這些事件

與歷史上的說法並不衝突，因爲其
中說曾有一位處女被朱比特誘姦。
後來，伊西絲害怕自己的罪孽爲父
親所知，便與幾個朋友登上一艘
船，船旗上就畫著一頭小母牛。伊
西絲具有巨大的才能與勇氣，她渴
望建立自己的一個王國。船一路順
風，駛到埃及，伊西絲留在了那
裡，並發現那個地方非常符合自己
的需要。

《漢密斯和阿耳戈斯》
十七世紀　佛蘭德斯　彼德·保羅·魯本斯

　　我們不知道她是如何控制了埃
及。但人們幾乎可以肯定：伊西絲
見到的是一些毫無技能、懶散怠惰
的人。他們對世事幾乎一無所知，
其生活與其說是人的生活，不如說
更像野獸的生活。伊西絲勤勤懇懇
努力工作，她教埃及人如何耕地播
種，如何在恰當的時候收割穀物，
以及如何將穀物做成食品。

　　她還教那些幾近於野蠻人的流
浪者如何在一起共同生活，爲他們
制定法律和戒條，告訴他們如何像
文明人那樣去行事。

　　伊西絲還做了一件作爲女子來
說更值得稱道的事情：她運用自己

的智慧，發明了適於當地人學習語
言的字母，教會他們如何將字母組
合在一起。對不了解伊西絲的人們
來說，她的這些功績聽起來簡直就
是奇蹟。因此，那些人便很輕易地
認爲伊西絲並非來自希臘，而是自
天堂降臨。

歐羅巴
——美麗的克里特王后

有些人相信，克里特王后歐羅巴(Europa)是腓尼基國王福尼克斯的女兒，但更多的人卻說她父親是腓里基國王阿革諾爾。據說，克里特的朱比特被歐羅巴驚人的美貌所吸引，悄悄地愛上了她。這個無所不能的天神設下圈套，劫走了歐羅巴。那個圈套是通過朱比特的信使墨丘利巧言恭維才得以實施的。結果，這位喜歡玩耍的少女

《歐羅巴的劫持》 十八世紀 法國 佛朗索瓦・布歇

隨著父親的羊群下山，到達腓尼基海岸之後，立即被捉住，放在一條船上，船旗上畫著一頭白色公牛，被帶到了克里特島。

我下面敘述的這個事件，顯然是我們讀到的那個故事的來源。那故事說：朱比特的信使墨丘利將腓尼基人的羊群趕到了海邊，而朱比特則變成一頭公牛，騙歐羅巴騎上牛背，朝海邊奔馳而去。朱比特將歐羅巴送到了一處海岸，登上了一塊新土地，他慷慨地把它叫做歐羅巴，這就是我們今天知道的歐洲。

還可以引述另外一些史料，但它們大多都認為：歐羅巴之所以有名，是因為她在被朱比特誘拐後嫁給了這位偉大的神。此外，一些史料還說，世界第三塊大陸之所以一直被叫做「歐羅巴」，是因為她的無數成就使腓尼基人比當時其他古老民族更為出色，或者是因為她丈夫朱比特是人們特別敬仰的天神，或者是因為人們尊敬她的三個做了國王的兒子，或者因為歐羅巴本人的美德超群出眾，令人仰慕。我的結論是，歐羅巴是一位因美德而聞名的女子。這不僅因為她給予世界的歐洲的那個名字，而且因為傑出的哲學家畢達哥拉斯在塔托鑄造的那尊令人驚嘆的歐羅巴銅像。

利比亞
——享有崇高威望的女王

《利比亞和武士》
十九世紀末　英國　約翰·威廉·沃塞豪斯

據古代作家的說法，利比亞(Lybia)是埃及法老埃帕福斯與其妻子卡西俄珀亞的女兒。帕福斯是埃及女王伊西絲(伊俄勒)之子，卡西俄珀亞則是埃塞俄比亞的公主。利比亞嫁給了涅普頓(希臘神名波賽頓)，對利比亞來說，她嫁給了一位強大的外國人和傳說中的偉大海神。據說此人是天神朱比特的兄弟，詳細情況已無從查考了。利比亞爲丈夫涅普頓生了一個兒子，取名布斯瑞斯，他後來成了埃及一個殘酷的暴君。他曾每年用一個希臘人作犧牲祭天，企望消弭飢荒。後來被阿爾戈英雄、希臘的海格力斯殺死。

利比亞爲她的臣民付出了巨大努力並建立了許多豐功偉績，可惜都被時間湮沒了。由於她在自己的民眾中享有極高威望，所以她統治的非洲這部分土地便以她的名字命名爲利比亞。這個事實充分證明了利比亞的成就非同尋常。

馬佩西亞與藍佩朵
——殺光丈夫和兒子的阿瑪宗女王

馬佩西亞(Marpesia)與藍佩朵(Lampedo)是一對姊妹，共同發揮著相當於阿瑪宗女王的作用。因為她們在戰爭中獲得了光榮的勝利和崇高的榮譽，姊妹倆便自稱是羅馬戰神瑪爾斯(希臘神名阿瑞斯)的女兒。由於這對姊妹所經歷的故事與一般人截然不同，要講述她們艱苦曲折的歷程我們必須從頭說起。

據史料記載：當年，有一批貴族被流放到黑海、裡海以東以北的庇提亞地域，其中有兩名貴族青年——塞里西奧斯和斯科洛皮庫斯。

那時，庇提亞還是一片荒野，從黑海向北延伸到遼闊的大洋，外人幾乎無法進入。

那些貴族人數眾多，來到了小亞細亞東部的一個古國卡帕多西基亞的特爾莫頓河，佔領了忒彌斯基拉人的田地，靠搶掠和剝削當地人為生。這些外來者最後竟以殘酷手段，殺死了當地大部分的男人，企圖獨霸整個庇提亞。

那些失去男人的寡婦們，再也無法忍受下去了。她們心中燃燒著復仇的烈火，紛紛拿起武器，與餘下的少數男人一起奮起反抗。第一次戰鬥便將那些外來的貴族趕出了自己的國土。政權鞏固之後，她們又對鄰國發動了戰爭。

但是，國內的男子已經剩下很少，他們是庇提亞那場大屠殺的倖存者。這些活著的丈夫，只能使極少女子命運稍好些，那麼絕大多數女子將何以自處呢?她們覺得與外國男子結婚，所處的地位與其說是妻子，還不如說將淪為奴隸。她們感到要維護已取得的權益必須繼續戰鬥。於是她們一致決定殺死所有還活著的丈夫們，將怒火轉向敵人。這些女子像是為亡夫復仇一

樣，浴血奮戰大量殲敵。在她們的沉重的打擊下，敵軍很快便乞降求和了。

　　為了確保王位的繼承和戰爭的繼續，這些女子便輪流到相鄰地區與男人睡覺，一有身孕便馬上返回。所有男嬰一出生即殺掉，女嬰則被悉心撫養，長大後從軍作戰。她們用火和藥物使女童的右乳萎縮，以免它妨礙拉弓射箭。女童的左乳則完好無損，將來可以哺育孩子。這個做法使她們獲得了「阿瑪宗」之名。即希臘語沒有一隻乳房的意思。

　　阿瑪宗女子關心的問題與我們截然不同，她們培養子女的想法也和我們完全不一樣。女紅、針線以及女子的其他一切都被棄諸不要，而是通過打獵、奔跑、馴馬、武藝操練、不斷的箭術練習之類的活動，使年輕女子強悍起來，具備男人的力量。

　　依靠這些技能，阿瑪宗女人不但保衛了其祖先佔據的土地，而且通過征服，擁有了歐洲的一部分土

《阿瑪宗女戰士與雅典人在橋頭激戰》
十七世紀 佛蘭德斯
彼德‧保羅‧魯本斯

地，還佔領了亞細亞的大部分地區。所有的人都對她們心懷畏懼。丈夫們被殺死之後，阿瑪宗女子們便公推馬佩西亞與藍佩朵為女王，統帥部隊。在她倆的率領下，阿瑪宗人佔領的土地不斷擴大。

　　兩位女王都以精通武藝而聞名遐邇。她們各有分工，一位率領軍隊征服鄰國，將其納入阿瑪宗帝國；另一位則留在國內保衛家園。她們輪流出征，擴張阿瑪宗版圖，繳獲了大量的戰利品。

　　終於有一次，藍佩朵率軍出國迎戰敵人時，鄰國的野蠻人突然襲擊阿瑪宗國，殺死了過分自信的馬佩西亞及部分軍隊。所幸她的幾個女兒活了下來，但我不記得自己曾讀到過藍佩朵後來如何。

提斯比
——殉情的巴比倫少女

人們之所以知道巴比倫少女提斯比(Tisbe)，主要是從她愛情的悲劇結局。

我們沒有從古史中了解到她的父母是誰，但人們知道她家在巴比倫的房屋與庇穆斯家相鄰。

庇穆斯是一個與她同齡的青年。相鄰的家宅給了兩人不斷親密交往的便利，使雙方在小時候便彼此懷有屬於童眞的那種親密感覺。隨著年歲的增長，兩人都出落得極爲漂亮英俊。童年時代的愛慕終於變成了強烈的激情，他們常以一些微妙隱秘的方式表達彼此的愛意。

提斯比的父母看到孩子逐漸成熟便將她留在家中，不准隨意外出，以便將來擇夫出嫁。兩個年輕人忍受不了這種分離，便想方設法尋找一個至少能使他們偶爾交談幾句的機會。

隨著激情的高漲，這對戀人終於想出了一個逃跑計劃。他們商定：次日夜裡，避開家人到巴比倫城外不遠的一片小樹林相會。無論誰先逃出，都要在尼諾斯國王墓附近的水泉旁等待另一個。

第二天深夜，提斯比首先逃離了父母。她裹了一件斗篷，藉著月光照路，毫無畏懼地走進了那片樹林，在那個水泉邊等候庇穆斯。當她抬頭注意四周動靜時，突然看見一頭母獅走了過來，便連忙朝國王墓那邊跑去，不留意將斗篷掉在了身後。那母獅已經吃飽，來到水泉邊喝水。它看見了那斗篷，便像此類動物常做的那樣，在上面擦了擦沾滿血跡的嘴巴，又用爪子撕破了斗篷，將其丟棄在地，便走開了。

此時，庇穆斯也逃出了自己的家，來到了那片樹林中，找到了那個水泉。在寂靜的黑夜中，他仔細搜尋著自己心愛的人，終於發現了

《提斯比》
十九世紀末　英國　約翰·威廉·沃塞豪斯

提斯比那件被母獅撕破的、血跡斑斑的斗篷。他以爲提斯比已經被野獸吞掉了，傷心地大聲哀叫，譴責自己造成了戀人的慘死。此時的庇穆斯不想一個人再活下去了，便拔出隨身佩帶的短劍，插進了自己的胸膛，在水泉邊奄奄一息地等待死亡。

過了一會兒，提斯比想到那頭母獅喝過水該離去了。她擔心戀人會以爲她欺騙，或者以爲她故意讓他長時間焦急等待，便小心翼翼地返回了水泉邊。她看見，在月光下，她的庇穆斯躺在血泊中。提斯比跑過去抱起他，鮮血從傷口處汩汩湧出，僅剩最後一滴。震驚之餘，她萬分悲痛、淚如雨下。她扶起庇穆斯，長久地親吻擁抱著戀人，想以此留住他的靈魂。

此時的提斯比再也無法使庇穆斯說出一個字。她知道，戀人現在已經感覺不到她的親吻了。而不久前他還那樣熱切地渴望著它。她以爲庇穆斯是因爲沒能找到她才自殺的，此刻看到自己的戀人將迅速地死去，在愛情與悲痛的激勵下，她決定與自己的戀人同歸於盡。她抓住插在庇穆斯傷口裡的那柄短劍的劍柄，痛苦地呻吟著、抽泣著、呼喚著庇穆斯的名字，懇求他在死亡中念及他的提斯比，等等她即將離開軀體的靈魂。這樣，無論他們的

安息地是哪裡，他們都能一同前住了。

說來令人驚奇，瀕死的庇穆斯居然聽見了戀人的話音，睜開了眼睛，用垂死的目光看著正在呼喚他名字的戀人。提斯比立即撲在他的胸膛上，抽出了那把短劍，插進了自己的胸口，鮮血立即從她身體中流淌出來，她的靈魂隨著已經死去的戀人同去了。就這樣，嫉妒的命運女神雖然阻止了這對戀人溫柔的擁抱，卻無法阻止他們軀體最後交合在一起。

誰不痛惜這兩個年輕人呢?誰不會爲了他們的悲劇結局至少落下一滴眼淚呢?倘若有人對此無動於衷，那他必定是用頑石做成的。

這兩人自幼相愛，但他們絕不該因此而得到血淋淋的死亡結局。青春花季中的愛也許有些輕率，但對未婚者來說，那不是一樁可怕的罪過，他們有可能日後結爲美滿的夫婦。最大的罪孽是命運之神捉弄了他們。

或許，兩人的父母也難辭其咎。年輕人的衝動當然應當加以約束，但應逐步實施。如果蠻橫不近情理地爲他們設置障礙，便會將絕望的年輕人推向毀滅。當然，控制不了熾烈的慾望，是青年人的瘟疫與恥辱。我們應當耐心地寬容它、引導它。在我們年輕而健康的時候，大自然使我們不由自主地感覺到那種繁衍的衝動，倘若交歡被延遲到老年，人類也許早就滅絕了。

許皮斯特
──違抗父命拒不殺夫的阿耳戈斯女王

以出身和美德聞名於世的許皮斯特(Ypermestra)，是阿耳戈斯王達那俄斯的女兒。

據古史記載，埃及曾有這樣的兩個孿生兄弟，他們一個名叫達那俄斯，另一個名叫埃古普托斯，他們都因令人讚嘆的帝國而出名。雖然命運之神賦予兩人同等的運氣，卻並不公平分配，因為達那俄斯有五十個女兒，而埃古普托斯則有五十個兒子。許皮斯特便是達那俄斯的五十個女兒之一。

達那俄斯從一個神諭得知，他將死在他的兄弟的一個兒子手中。他非常害怕，因為他侄子的數量太多了，他不知道自己將死於誰手。

當兩兄弟的孩子們即將成為青年的時候，埃古普托斯便請求達那俄斯將所有的女兒嫁給自己的兒子。達那俄斯正在謀劃一樁可怖的罪行，便欣然應允了兄弟的提儀。

他同意將女兒們許配給他的侄子們之後，大家便著手準備婚禮。達那俄斯警告女兒們說，如果珍惜自己的性命，就必須於新婚之夜在她們的丈夫陷入沉睡之時用匕首刺死他們。

達那俄斯的女兒們遵從父命，將尖刀偷偷帶進了臥房，按父親的吩咐開始殺害自己的丈夫。唯有許皮斯特遲遲不動手。其實，她已愛上了自己的丈夫，他名叫林扣斯。這姑娘平素就對未婚夫一往深情，此時面對丈夫頓生憐憫。許皮斯特決定做了一件功德無量的好事，她沒有進行這種可恥的謀殺，而要那青年趕快逃走，林扣斯便這樣得救了。次日早晨，殘忍的父親對那四十九個女兒犯下的罪行大加讚賞，許皮斯特卻遭到了嚴厲的譴責被關進了牢獄。

使達那俄斯更惡名昭彰的是：

《達那俄斯諸女向地獄無底水槽注水》
十九世紀末　英國　約翰‧威廉‧沃塞豪斯

為了實施這椿罪行，他將武器交給了自己的女兒們。而她們並沒有從此得到孝敬的美名。達那俄斯打算以這種骯髒行為拯救自己的性命，卻不知道他的作為已給未來的罪惡女人留下了一個膽大妄為、心狠手毒及可憎暴行的不幸先例。

上帝的正義裁決，透過這個女婿的手，使這個嗜血成性的老翁終於沒能逃脫濺灑自己污血的命運。

血案發生前或是被驅逐、被流放，或許是應邀，達那俄斯出國去了希臘。在那裡，他依靠狡計和權術篡奪了阿耳戈斯王位，並控制了王國。

有些史料記載說：達那俄斯的罪行便是在那裡犯下的。不過，無論他是在哪裡犯下的罪行，他到底還是被林扣斯殺死了。林扣斯銘記著岳父的殘忍和妻子的恩惠，繼承了阿耳戈斯王國的王位。許皮斯特被從獄裡釋放了出來，以更隆重的婚禮與林扣斯再度成婚，夫妻二人共掌王權。她是位著名的女王，同時又是阿耳戈斯天后朱諾神廟的女祭司，她身上披著雙重榮耀的光輝，名字一直流傳到我們這個時代，而她那些姊妹們卻都背負著恥辱的惡名，在地獄裡被迫向一個無底的水槽裡注水。

許普西皮勒
——救父命的楞諾斯女王

許普西皮勒(Hypsipyle)之所以著名女子是出於她對父親的孝心，自我不幸放逐和她看護的奧菲勒忒斯王子之死，以及和失敗兒子的重逢。

她是楞諾斯王索厄斯的女兒。國王在位時，楞諾斯島的女人都有個瘋狂的願望——擺脫殘暴的丈夫。她們無視老國王的律條，並將公主許普西皮勒爭取到了她們一邊，決定次日夜裡殺死所有的男性。

她們是這樣計謀的，並且獲得了成功。然而，當其他女子發洩怒火行兇時，許普西皮勒卻突然產生了一個這樣的念頭：殺害自己的父親，使自己的雙手沾上父親的鮮血，這實是在太無人性了。於是，她將其他女人的罪行告訴了父親，並將他送上了一條開往奇奧斯島的船，逃脫了那些女人的殺戮。

然後，她堆起一個大柴堆，為父親舉行了火葬儀式，人人都對此深信不疑。為了填補王位的空缺，這些邪惡的女人們給她戴上了父親的王冠，許普西皮勒成了楞諾斯島的女王。

當伊俄耳科斯王子傑森率伊爾戈的英雄們去考爾基斯尋找由毒龍看守的金羊毛時，或許是因為船隊遇上了風暴，或許是傑森有意來會女王，他們登上了楞諾斯島。許普西皮勒在自己的屋子裡和床上接待了傑森。傑森離開後，許普西皮勒生下了一對孿生兒子。迫於楞諾斯的法律，她必須將兩個兒子送走。於是只好命人將兒子送到奇奧斯島，交給老國王——孩子的外祖父撫養。這下人們知道了許普西皮勒為救父親欺騙了其他女人，臣民便紛紛起來反對她。許普西皮勒逃到一條船上，才躲過了眾多女子的暴

《玩球的希臘女奴隸》
十九世紀末　英國　弗爾德里克·雷頓

怒懲罰。

　　她去奇奧斯島尋找父親和兒子，途中被海盜捉住，成了奴隸，忍受了許多苦難，包括被當做禮物送給了涅墨亞國王呂庫耳戈斯，後來逐漸取得了國王的信任，讓她負責照管年幼的獨子——奧菲勒特

斯。

　　阿耳戈斯王阿德剌斯托斯率軍進攻底比斯時，途中路過涅墨亞國，天氣酷熱，全軍都要渴死了，他們請求正在看護王子的許普西皮勒幫助，許普西皮勒便將王子奧菲勒特斯留在了一片草地的花叢裡，領他們到了藍基亞水泉邊，使阿德剌斯托斯全軍得救。當被問及她的身世時，許普西皮勒向他們講述了自己的不幸命運。已經長大、在阿德剌斯托斯軍中效力的她的兩個兒子歐尼俄斯和塞奧斯，認出了她。正當母子相認，許普西皮勒的命運即將改變之時，卻發現在草地上玩耍的奧菲勒特斯王子被一條毒蛇咬死了。她非常悲痛，使全軍都陷入了憂傷，她的兒子和其他士兵將她從奧菲勒特斯身邊拉開，她已經因悲痛而發瘋了。

美狄亞
——殘忍的考爾基斯公主

考爾基斯女王美狄亞(Medea)是古代背叛行爲最卑劣、最殘忍的一例。她是著名的考爾基斯國王埃厄特斯與王后珀斯之女。

美狄亞不僅美麗，而且是當時最聰明的女巫，愛神阿佛洛狄忒神廟的女祭司。她精通各種草藥的藥性，還會用歌聲迷惑人；她能攪亂天空，將風從它們的洞穴裡召喚出來，掀起風暴，使河水斷流；她會煉毒藥，製作縱火裝置以及其他一切諸如此類的壞事。

更惡劣的是，美狄亞的性格與她那些邪惡法術完全一致，她的那些魔法若是失靈，便會毫不猶豫揮動利劍，訴諸武力。

伊俄耳科斯王子傑森當時以英勇聞名，正被篡奪了其父王位的叔父里亞斯以尋找金羊毛的遠征爲藉口，派到了考爾基斯。其實，那是里亞斯有意使侄兒覆滅的詭計。

美狄亞被傑森的英俊所吸引，狂熱地愛上了他。她施展魔法，用令人銷魂的媚眼勾引傑森，使其在一見之下立即投入了她的懷抱。爲了進一步贏得傑森的愛，美狄亞利用一次民眾起義，發動了一場對自己父親的反叛戰爭，給傑森創造實現自己目的的機會。然後，與傑森帶著她父親的所有財寶秘密逃離。然而，如此可怖的行爲並沒有使她滿足，她還醞釀著更惡毒更殘忍的計劃。美狄亞預知父王埃厄特斯會追擊他們，且必定會路過法塞斯河中的一個名叫托彌斯的小島。爲了破壞父親的追擊，美狄亞拐走了還是孩子的弟弟阿普緒耳托斯，在那個島上將他肢解了。

美狄亞命人將弟弟的碎屍散落在田野裡。因爲她預見到：她不幸的父親會停下來收集兒子的碎屍，還要悲悼並將兒子埋葬。這樣一

《美狄亞協助傑森
取得金羊毛》
十九世紀　法國
古斯塔夫・莫羅

來，傑森和她便贏得了逃脫的時間。她的計劃果然得逞。

美狄亞流浪多時，終於和傑森一起來到了伊俄耳科斯王國。在那裡，她極力使傑森的父親、被奪去王位的埃宋爲兒子的歸來、爲兒子的勝利、爲戰利品、爲兒子高貴的婚姻而萬分高興，使埃宋彷彿又重獲了青春。

美狄亞想要傑森得到王位，便施展計謀，在篡位的埃宋兄弟里亞斯與他女兒們之間製造不和，她甚至給里亞斯的女兒們武器，讓她們去反對自己的父親。可是，時間一長，傑森便漸漸地恨上了美狄亞。柯林斯國王克瑞翁之女克瑞烏薩贏得了傑森的愛慕，取代了美狄亞的位置。

美狄亞怎能忍受這樣的事發生，她怒火中燒，策劃了許多反對傑森的陰謀。她用法術以大火燒毀了克瑞翁的王宮，也燒死了克瑞烏薩。她還當著傑森的面，殺了她和傑森所生的兩個兒子，然後逃到了雅典，嫁給了雅典王埃勾斯。不久她生了一個兒子，並按照自己的名字取名美杜斯。

埃勾斯的兒子特修斯回到雅典城以後，美狄亞試圖毒死他，但未能如願。於是美狄亞第三次逃走，重新回到了傑森身邊，並得到了傑森的善心寬宥。不久後，她和傑森一起被里亞斯之子埃迦留斯逐出了特薩利亞。

最後，美狄亞回到科爾咯斯，恢復了她那位流亡的年邁父親的王位。

阿拉克尼
——可悲的紡織女

阿拉克尼(Arachne)是一位普通的呂狄亞女子，是克洛豐的紡羊毛人伊狄蒙的女兒。她雖然出身並不顯貴，但卻創造了令人敬佩的成就，理應受到讚美。

一些古代作家認為：她發現了亞麻的用途，是第一個發明織網的人。她的兒子名叫克勞斯特，發明了紡錘。

據記載，阿拉克尼是當時技巧最熟練的織工，她用手指操縱紡線桿、織布梭和其他紡織的工具，如同畫家使用畫筆一般。一位女子這般精通活計，絕不會被別人看不起的。

其實，阿拉克尼不僅在她居住

《紡織女工・雅典娜與阿拉克尼》 十七世紀 西班牙 迪埃戈・德・西爾瓦・委拉斯凱茲

的地方緒派帕聽到頌揚，在其他地方也能聽到，真可謂聞名遐邇。她變得甚為驕傲，不把任何人放在眼裡，乃至敢與發明了紡織術的傳說中的智慧女神彌涅爾瓦挑戰比賽。結果阿拉克尼以失敗告終，可她又忍受不了失敗的恥辱，自縊身亡。

這個情節給了編故事者們以可乘之機。因為蜘蛛與阿拉克尼的名字和行當有關，而蜘蛛垂在絲上也很像阿拉克尼吊在繩索上，於是就說在阿拉克尼上吊後，眾神仁慈，把阿拉克尼救活並使她變作蜘蛛，用不停地編織，繼續從事她以前的本行。

不過，另外一些史料卻記載說：阿拉克尼在比賽失敗後把繩索套在頸上自殺，卻未能如願以償，被她的僕人們解救了，但她必須不停地工作，才能排除她內心的苦惱。

因此，若有人以為自己在某個方面勝過了別人，我便要請他們告訴我，倘若阿拉克尼願意，也請她親自回答：具有一定稟賦的人，就應該改變天意，是把天下之功歸於一己呢，還是用祈禱與懿行去報答上帝——萬物的創造者呢?自以為上帝對她格外偏愛，就能迫使上帝打開無比豐富的寶藏，賜予她得天獨厚的一切恩惠，阿拉克尼的這種想法，真是愚蠢至極。

大自然按照永恆的規律使天地運轉，為各種工作造就了與之相應的才能。這些才能會因為閒逸和懶散而滯塞遲鈍，也會因為努力和實踐而卓越精湛。

我們受到同一種天性的激勵，都渴望通曉事物的知識，掌握運用的技能，儘管並非所有的人都同樣地熟練或同樣地成功，這種渴望卻能驅策著我們不斷向前。

奧瑞西亞與安提俄珀

——英勇頑強的姊妹女王

奧瑞西亞(Orythia)是馬佩西亞的女兒，繼承了母親的王位，與安提俄珀(Anthiopa)一起成為阿瑪宗人女王。人們傳說安提俄珀是奧瑞西亞的妹妹。

在兩人中，奧瑞西亞以其英勇善戰而威名遠播，並得到各方嘉許。在分享王位的安提俄珀的幫助下，奧瑞西亞頻頻發動戰爭並大獲成功，使阿瑪宗帝國的疆域不斷擴大，給帝國帶來了眾多的榮譽。奧瑞西亞的軍事膽略大受稱讚，邁錫尼王歐律斯透斯認為在戰爭中很難擊敗她，俘獲她的女王腰帶更是異常困難的。他把這項最艱巨的任務交給了欠他債的希底比斯國王安菲特律翁的兒子——大英雄海格力斯。

曾克服過各種艱難險阻神勇無比的海格力斯，在與奧瑞西亞的作戰中，對她的驍勇善戰無可奈何。

他趁奧瑞西亞不在時，開始進攻，用九艘戰船佔領了阿瑪宗的海岸。阿瑪宗的女戰士們陷入了混亂。由於阿瑪宗一方人少和疏忽大意，赫克拉勒斯輕易地取得了勝利。他抓住了安提俄珀的妹妹梅那利珀和希波呂忒，終於得到了女王腰帶，釋放了梅那利珀。

奧瑞西亞聽說海格力斯軍隊的成員特修斯帶走了希波呂忒後，便召集援軍，不顧一切地向全希臘發動了戰爭。但不幸的是，阿瑪宗人內部產生了分歧，盟友拋棄了奧瑞西亞。她敗給了雅典人，回到了自己的王國。後來的情況如何就不得而知了。

厄律提亞
——德爾斐的女預言家

史料記載，歷史上曾有過十二位女預言家，人們給她們每一位都取了專門的名字。因為她們個個精通預言術，所以統稱之為「西比爾」(Sybillis)。在埃俄里斯人的辯證法裡，syos與拉丁文單詞「神」(deus)相關，而biles的意思則是「頭腦」(mens)。因此，「西比爾」這個字的意義，其實就是「具有神的頭腦的女子」或「頭腦中有神的女子」。

這些令人尊敬的西比爾中最有名的一位，名為厄律提亞(Erythrea)。她於古希臘時期特洛伊戰爭前生於巴比倫。但有些人認為，她行預言術的時間早在羅馬創建者羅摩洛斯做第一任羅馬國王的時候。

有種觀點認為：厄律提亞的真名叫西羅菲利，而她之所以被叫做厄律提亞，是因為她曾長期居住並生活在厄律提亞島上，那裡曾發現過她的許多詩文。她的非凡智力，或她的祈禱和虔誠，使上帝認為她理當獲得能準確預知未來的獎賞(倘若我們讀到的她那些預言都是真的)。她通過潛心鑽研，依靠神的慷慨賜予，獲得了預言未來的技藝。她的預言十分明晰，這使她更像一位福音傳播者，而不像預言家。

厄律提亞在回答希臘人的詢問時，用詩文十分清晰地描述了希臘人圍攻並摧毀特洛伊城的始末，她的預言與後來發生的情況完全一致。

同樣，羅馬帝國出現之前，她就簡要而精確地概括了羅馬帝國的種種命運。她的言詞像我們時代寫就的歷史梗概一樣，而不像對未來的預言。不過，我認為她的另一項功績更為偉大：歐律斯俄亞透露了

神的思維秘密。而在古人當中，神秘思維一直以預言者使用的象徵符號和晦澀語言表達的，或者更確切地說，以聖靈通過預言者說話的方式預示出來——「道成肉身」。她描述的神子的生產及功績，神子的被出賣、被逮捕、被蒙羞而死，神子的復活，神子升天以及神子在末日審判時重返人世等一系列事件，都不是作為對未來的預言，而是講述史實。

我相信，厄律提亞這些值得稱頌的作為表明：上帝非常喜愛厄律提亞，她應該獲得更多的尊崇。一些人通過更進一步的論證，說她始終保持著處女之身。我對此深信不疑。因為我不相信如此清晰的關於未來的描述出自不潔的心胸。至於她死去的時間和地點，已經找不到記載了。

梅杜莎
——富有而妖冶的女王

梅杜莎(Medusa)是福爾庫斯的女兒與繼承人。福爾庫斯是一位國王，是希臘神話傳說中的海神，極為富有。他的廣大國土位於大西洋中。有些人認為，他的王國應當歸屬於夜神四個女兒的赫斯珀里得斯群島。

按照古人的說法，梅杜莎的美貌令人驚嘆。她不但超過其他所有女子，且猶如具有某種超自然的神力一般，使許多男人都情不自禁地舉目凝望。她有一頭濃密的金色秀髮，面龐姣好，身材修長，尤其是她的眼睛，有一種崇高而寧靜的力量，乃至那些善意凝視的人幾乎都會一動不動，好像忘掉了自己，竟

如同化做石頭一般。

　　梅杜莎具有豐富的農業知識，這使她獲得了神之女的名號。依靠這些專長，梅杜莎不僅能以非凡的精明保持父親留給她的財富，並且使之增至不可勝數。一些知情者相信，梅杜莎是西方君王中的最富有者。因此，即使在遙遠的國度裡，她也以驚人的美貌、富有和聰慧而享有巨大聲譽。

　　梅杜莎的巨大聲譽也傳到了阿耳戈斯人當中。阿卡亞人中最出色的青年柏修斯是阿耳戈斯王阿克里西俄斯的獨生女達那厄與萬神之父朱比特的兒子。當柏修斯得到這些報告後，心中燃起了要見到這位美女並佔有她財寶的慾望。他乘上戰船，親率大軍以驚人的速度駛往西方。

　　柏修斯精心部署和指揮自己的軍隊，俘獲了梅杜莎女王和她的金子，滿載著掠奪物，回到了家鄉。

　　這件事在神話中成了另一番樣子：梅杜莎看到誰，誰就會變成石頭。她在雅典神廟裡與海神涅普頓

《梅杜莎》
十九世紀　法國　魯西恩・列維-多默爾

睡覺，褻瀆了神廟，她與涅普頓交歡所生的後代是著名的海上怪獸飛馬珀伽索斯。發怒的智慧女神彌涅爾瓦將梅杜莎的頭髮變成了毒蛇，使她成了三個蛇髮女妖之一。柏修斯跨上雙翼神馬，率軍飛奔梅杜莎的王國，並藉助彌涅爾瓦的盾牌，佔領了那個王國。

伊俄勒
──以美貌和淫慾復仇的女子

伊俄勒(Iole)是俄卡利亞王歐律托斯的女兒。她之所以出名，是由於她是俄卡利亞國最美麗的姑娘。

據說，歐律托斯曾想將女兒伊俄勒許配給海格力斯，海格力斯是底比斯國王安菲特律翁的妻子阿爾克墨涅和萬神之父朱比特私通生下的兒子，是希臘最著名的偉大英雄。

由於兒子堅持反對，國王歐律托斯拒絕了海格力斯的求婚。海格力斯被這個變故激怒了，便發動了針對歐律托斯的殘酷戰爭，殺死了歐律托斯，佔領了他的王國，劫走了他的愛女伊俄勒。

然而，伊俄勒忠於的是對自己父王的愛，而不是對丈夫海格力斯的愛，她要為父親報仇。她精明果斷，先用虛假纏綿的表面殷勤掩蓋住自己的真實意圖。進而以虛假的愛撫和淫戲，使海格力斯對她極為迷戀，不會拒絕她的任何要求。然後假裝討厭愛人的粗劣衣服，吩咐這個粗人放下他那根馴服妖怪的大棒，脫掉那張象徵他力量的尼米亞獅皮。還設法使海格力斯摘去了那著名的獅頭冠以及箭囊和箭矢。

但這一切都還不足以使她達到目的。伊俄勒精心準備好了武器，開始更大膽地進攻這個毫無防範的丈夫。她先教海格力斯用指環裝飾自己的手指，用塞普勒斯軟膏塗在他頭頂上，再梳理他蓬亂的頭髮，用乾松香塗抹他光利的鬍鬚，又讓他用女孩子戴的花環和大詩人荷馬式頭飾打扮自己。然後，再讓他穿上紫紅色的長袍和精美的衣裳。這個可人的尤物伊俄勒沉迷於施展自己的騙術。她認為：用誘惑將一個強大的男人變得虛弱，這比用毒藥或匕首殺死他更榮耀。

即使這樣，也無法平息伊俄勒對丈夫的憤恨。終於，她強迫已完全失去了男子漢氣概的海格力斯坐在一群侍女中間講述自己完成的一些工作。還叫海格力斯拿起紡線桿紡毛線，雖然他已經有了相當的年紀，卻為了拉直毛線而使自己的手指柔軟，可他幼年時曾想方設法讓手指變硬，以便能殺死巨蟒。的確，對願意相信這個故事的人來說，它完全證明了男人的弱點與女性的狡獪。使海格力斯永遠蒙受恥辱的是，這個年輕女人就是用這樣的惡毒懲罰，聰明地為被殺死的父親復了仇。她沒有訴諸任何武力，而是依靠狡計與誘惑達到目的，為自己贏得了永久的惡名。其實，海格力斯征服伊俄勒的方式，也像他按照希臘國王歐律斯透斯的六項命令、完成十項艱巨任務、戰勝那些怪物一樣光榮，甚至更有過之。但這一切現在都已成了過眼煙雲，真正的偉大英雄海格力斯已不復存在了。

一種毀滅性的淫慾往往會征服淫蕩的年輕姑娘，但更會征服墮落、閒散的年輕男子。因為嚴肅莊重者蔑視愛神丘比特，而淫蕩縱慾者卻對他格外崇拜。因此，淫慾進入了海格力斯岩石般的胸膛，便會

《與死神搏鬥的海格力斯》　十九世紀　英國　弗爾德里克‧雷頓

比被他戰勝的那些怪物更可怕。淫慾是威脅我們的勁敵，關心自己的人應當非常懼怕它，擺脫它，並從漠然視之轉為奮起抵禦。我們必須提高警惕，無比堅定地捍衛自己的心靈。淫慾不會去影響那些不歡迎它的人。無論任何時期都必須抵禦淫慾的襲擾，必須管住眼睛，以免看到那些虛幻的東西；管住耳朵，不聽那些甜言蜜語。我們必須不斷努力，克制情慾。

得伊阿尼拉
——誤中奸計的美女

一些史料告訴我們：得伊阿尼拉(Deyanira)是希臘的卡呂多人的國王俄紐斯的女兒，墨勒阿革洛斯的妹妹。她是位具有驚人美貌的少女。頭上長角的河神阿刻羅俄斯對其傾慕已久，前來求婚。他形象醜陋，得伊阿尼拉一見到他就害怕，可阿刻羅俄斯卻並不罷手。

天神朱比特的兒子海格力斯早在地府就聽朋友墨勒阿革洛斯講起他妹妹的出眾的美貌，也慕名前來求婚。

於是，偉大的英雄海格力斯和河神阿刻羅俄斯展開了一場殊死決鬥。經過一場殘酷的拚殺，海格力斯戰勝了對手，贏得了得伊阿尼拉。兩人高高興興地舉行了神聖的婚禮。

後來，海格力斯帶著得伊阿尼拉從卡呂多王國回自己的國家，當來到伊文努斯河時，因暴雨河水猛漲，滯留岸邊。這時，遇到了愛慕得伊阿尼拉的渾身長毛半人半馬的妖怪肯塔魯斯人涅索斯。馬人涅索斯，自願提出幫助海格力斯，將得伊阿尼拉送到河的對岸。

海格力斯同意了，隨著妻子游過河去。涅索斯一上岸，便帶著心愛的得伊阿尼拉飛跑。海格力斯追不上涅索斯，便用一支沾了被他殺死的九頭怪蛇毒液的箭射中他。涅索斯摸著箭傷，知道自己要死了，便將沾著自己血跡的長袍送給得伊阿尼拉，對她說，若給海格力斯穿上它，無論他愛上什麼人，你都會贏回自己的愛人。

這是他復仇的毒計，但得伊阿尼拉卻相信了這個說法，將那長袍當做重禮接受下來。後來，海格力斯愛上了俄卡利亞王的女兒伊俄勒，得伊阿尼拉便讓丈夫的僕人給他送去了那件長袍。說是她親自為他縫製的，讓他漂漂亮亮地參加祭典。

長袍上的毒血與海格力斯的汗水混合，通過毛孔被吸收到體內，海格力斯馬上發了瘋，在萬般痛苦中投身於大火。得伊阿尼拉追悔莫及，痛不欲生，最後用一柄短劍結束自己的生命。得伊阿尼拉本想重新贏得丈夫的愛，卻毀滅了丈夫，也毀滅了自己，反倒替惡人涅索斯報了仇。

《劫奪得伊阿尼拉》　十六世紀　義大利　雷尼

伊俄卡斯特
——誤嫁給兒子的女王

底比斯王國的王后伊俄卡斯特(Iocasta)的光輝祖先可以追溯到底比斯王國的開創者，但她的不幸命運，卻比她的優點或政績更為有名。

伊俄卡斯特年輕時便嫁給了底比斯國王拉伊俄斯，並懷孕生子。兒子出世時，拉伊俄斯得到了一個不祥的神諭，說他命中注定，將喪命於親生兒子手上。於是，國王拉伊俄斯便吩咐心情沉重的伊俄卡斯忒將出生三天的嬰兒丟在野地裡，去餵野獸。

她本以為那嬰兒會馬上被野獸吞掉，但沒想到嬰兒卻被柯林斯國王撿走並收為養子，取名伊底帕斯。俄狄甫斯長大成人後，在佛西斯狹窄旅途的十字路口因奪路誤殺了父親拉伊俄斯，而俄狄甫斯自己卻並不知道。

他旅行到底比斯城時，正逢獅身人面妖怪斯芬克斯給全城人出謎語，猜不出來的人就被撕碎吞吃。新任國王克瑞翁迫於無奈，就貼出告示，誰能解除這個禍端就把王國拱手相讓，並把姊姊伊俄卡斯特嫁給她作妻子。

俄狄甫斯猜中了謎語，殺死了斯芬克斯，得到了國家和妻子伊俄卡斯特。

婚後，他們生了兩男兩女，兒子一個名叫厄忒俄克勒斯，另一個名叫波呂尼克斯。女兒一個名叫伊斯墨涅，另一個名叫安提戈涅。

俄狄甫斯和伊俄卡斯忒的王位以及兒女們似乎都很平安。後來他們聽一個盲占卜者忒瑞西阿斯傳達的神諭，說俄狄甫斯是弒父兇手和娶母為妻的人。這對他的打擊太沉重了，俄狄甫斯為自己的罪惡感到羞恥，他渴望永恆的暗夜，便挖出了自己的雙眼，離開了他的王國。

　　王權落到了他爭執不休的兒子們手中，二人破壞了當初輪流執政的約定，開始了爭奪王位的爭奪。

　　他們常常互相進攻，這使伊俄卡斯特萬分憂慮。當她得知兩個兒子發生決鬥，都死於對方造成的重傷時，這不幸人已無法承受這巨大的痛苦和悲哀了。

　　她就是那兩人的母親，也是他們的祖母。看到自己的弟弟克瑞翁現在做了國王，自己的兒子兼丈夫成了盲人並被投入監獄，自己的女兒伊斯墨涅和安提戈涅陷入了前途未卜之中，年邁的伊俄卡斯忒萬念俱灰，用短劍讓靈魂離開了軀體。她在同一瞬間既結束了自己的生命，也結束了自己的苦難。

《從底比斯流放》
十九世紀末　法國　查特倫

阿爾瑪忒亞

——天才的女預言家

少女阿爾瑪忒亞(Almathea)，是希臘神話中的女海神格勞科斯的女兒。

她的壽命十分長，甚至勇敢機智的羅馬王塔庫修斯·普裡斯庫斯在位時，她依然活著。一些古代證據表明，阿爾瑪忒亞極為看重自己的處女之貞，數百年間因沒有與任何男人接觸而受到人們尊敬。

詩人們說，她接受了深愛她的太陽神福玻斯(阿波羅)給她的禮物，即長壽和預言能力。但我卻認為，正是阿爾瑪忒亞的處女之貞，使她從真正的太陽那裡獲得了預言的智慧，因為太陽照耀著來到這個世界上的每一個人。運用這種才能，她預言並描述了許多未來的事件。在阿沃努斯湖附近的拜伊安岸邊，有座供奉她的著名聖堂，人們今天還將它叫做阿爾瑪忒亞聖堂。現在這座聖堂因年久失修而遭致破敗，但在破壁殘垣中也依舊保留著古老的莊嚴，其壯麗雄偉令人嘆為觀止。

有些人認為，當年特洛伊戰爭中的英雄亞尼斯在特洛伊城失陷後背著父親逃跑時，阿爾瑪忒亞便是他在地底下嚮導。但我並不怎麼相信這個說法。

一些認為阿爾瑪忒亞長壽的史料中說：她到羅馬時，給國王塔庫修斯·普里斯庫帶去了九本書。因為國王不肯支付她要的價錢，她便當面燒毀了其中三本。次日，阿爾瑪忒亞要國王按照原先九本書的價錢支付所剩六本書的錢。

她說，若不願如此，她馬上再燒掉其中三本，第二天還要燒掉最後三本。塔庫修斯只得按照她要的原價付了錢，並將那些書保存下來。後人發現：那些書裡包含了羅馬的全部運數。正是由於這個原

因，羅馬人從此精心地守護著這些書。每
當需要請教有關未來的事情時，他們便將
書中的記述當作神諭看待。

《阿波羅神廟的皮蒂婭》
十九世紀　英國
約翰‧威廉‧高特沃德

尼科斯特拉塔
──發明拉丁字母的公主

尼科斯特拉塔(Nicostrata)，後
被義大利人稱爲卡曼塔
(Carmenta)，是阿卡迪亞國王奧紐
斯的女兒。有史料說她是阿卡迪亞
人帕拉斯的妻子；另一些史料則說
她是帕拉斯的兒媳。她不僅政績出
名，還精通希臘語，具有多方面的
智慧，經過不斷研習還學會了預言
術，成了有名的預言家。拉丁人將

她的名字從尼科斯特拉塔改成了卡
曼塔，因爲她能用韻文或詩歌揭示
未來。

　　她是阿卡迪亞國王歐安德耳的
母親。歐安德耳聰明智慧，口才過
人，在古代傳說裡他父親就是多才
多藝、擅長講演的眾神使者墨丘
利。

　　有些史料記載說，歐安德耳被

人從自己的王國放逐，原因是他無意間殺死了生父。另一種說法則認為那是阿卡迪亞人之間某種其他原因引起的不和造成的。無論如何，歐安德耳按照母親尼科斯特拉塔的忠告，與母親和另外幾個下屬一起登上了一條船，離開了伯羅奔尼撒半島。

因為尼科斯特拉塔預言了一些重大事件，並說兒子若能到另一個國家去，她便能讓他看到那些事件。歐安德耳乘船一路順風，來到了台伯河河口。母親將他領到了一座山，歐安德耳按照他父親和兒子的名字(他們都叫帕拉斯)，給這座山命名為帕拉丁山崗。偉大的羅馬城後來就建在這個地方。歐安德耳與母親及下屬在這裡住了下來，建起了帕拉特姆城。

尼科斯特拉塔發現當地人依然非常原始，他們只懂得如何播種，這還要歸功於當年逃到這裡，後來成為農神的薩圖爾努斯。他們對書寫幾乎一無所知，也不知道那些字母就是希臘字母。尼科斯特拉塔以神一樣的遠見卓識，預見到那個地區及那個地方在未來會大有聲望，但用一種外國語言將他們的偉大功績講給未來幾代人，是徒勞無益的。

於是，尼科斯特拉塔便運用其全部天才，藉助上帝的恩惠，為當地人創造了不同於其他任何民族的他們自己的字母，全部字母僅有十六個，並教給他們字母的各種組合。就像底比斯國的創始人卡德摩斯為希臘人做的那樣。我們今天使用的拉丁字母中，就包括了尼科斯特拉塔當年創造的字母，當然也包括其他智者為使用方便而補充的字母。

《迎接阿努比斯的節日》
十九世紀　英國　艾德文‧隆格

拉丁族人已經將尼科斯特拉塔的語言看作了奇蹟，拉丁字母的發明更使這些淳樸的人萬分驚異。他們相信尼科斯特拉塔不是凡人，而是女神。

因此，人們在她活著的時候便賦予了她神的榮譽，她去世後，又在她住過的帕拉丁山崗腳下建了一座卡曼塔神殿。爲永久紀念她，人們按照她的名字，將附近一帶地區命名爲「卡曼塔利斯」。甚至在羅馬獲得了世界性的聲望之後，人們也沒有聽任神殿破敗凋落。實際上，在許多個世紀中，羅馬市民都將一扇爲應急而建造的大門稱爲「卡曼塔利斯之門」。

尼科斯特拉塔將那些字母傳給我們的祖先時，她顯然已不再是阿卡迪亞人，而是羅馬人了。人們還相信，她播種了語法的第一粒種子，而日後的古人則在不斷地收穫。上帝非常鍾愛尼科斯特拉塔的種種建樹，乃至當希伯來人和希臘人的語言失去了大部分昔日光輝時，幾乎整個歐洲的廣大地區都仍在使用我們的拉丁字母。不計其數的書籍全都反映了拉丁字母的輝煌，那些文字中蘊含著對上帝智慧和成就的永恆記憶。因此，我們才依靠拉丁字母知道了自己無法看到的事物。我們用拉丁字母向他人提出要求，也通過拉丁文字去確認他人對我們提出的要求。

依靠這些文字，我們與遠方民族建立了友誼，並透過互相溝通而使友誼得到保持。拉丁文字盡力爲我們描述上帝，它們表示了天空、陸地、海洋和一切生物。只要認眞研究拉丁文字，便沒有任何事物不能被深入考察和理解。拉丁文使我們忠實地保留了那些頭腦無法理解和保存的事物。其他字母可能具備著相同的長處，卻絲毫不能減損我們拉丁字母的優點。

我們雖應感激上帝賜予了我們這種獨一無二的光榮，但還是應當讚美和感謝尼科斯特拉塔。因此，我們應盡力使她的名字萬古流芳。這樣一來，任何人便都沒有理由來指責我們忘恩負義了。

珀克麗絲
——因貪婪失身殞命的女人

珀克麗絲(Pocris)是雅典國王潘狄翁的後代，古希臘傳說中風神埃俄羅斯國王之子塞法路斯是他的丈夫。她的貪婪招致了忠實女子的憎恨，卻獲得了下流男人的讚許：兩者不相上下。她的作爲使人們看清了女子的種種缺點。

珀克麗絲和塞法路斯這對年輕夫婦曾眞摯相愛，情投意合。不幸的是，後來有個美貌超群的女子愛上了塞法路斯，她名叫奧羅拉，是傳說中的曙光女神。

起初，曙光女神奧羅拉打算用乞求贏得塞法路斯的愛，卻未能如願，因爲塞法路斯依然忠實地愛著珀克麗絲。

這使奧羅拉很惱火，她對塞法路斯說：「你如此忠實珀克麗絲的愛，是要後悔的。我向你保證：你將會看到，若有人去引誘她，她一定會將金子看得比你的愛情還重。」

聽到這番話，年輕的塞法路斯便急於知道它是不是眞的。他藉口外出遠行離開了家。爲解開心中疑團，便請一個中間人去向珀克麗絲送禮，幫助他試探妻子珀克麗絲是否忠誠。

第一次試探時，那人雖然送了大量禮物，卻並未動搖珀克麗絲的信念。中間人繼續試探，在禮品中增加了更多珠寶，珀克麗絲本已游移的決心終於崩潰了。

她對那中間人說，倘若她能得到他許諾的那些金子，便與他共度一個愛情之夜，滿足他的慾望。

塞法路斯哀痛無比，現在他看清了妻子的愛情是何等膚淺。珀克麗絲從此便蒙上了恥辱之名。她對自己的過失追悔莫及，逃進了森林，過起了與世隔絕的生活。可是，年輕的塞法路斯依然深愛著妻

子。他寬恕了她，懇求她回來。儘管珀克麗絲不太情願，最終兩人還是重歸舊好。

但那有何益呢?對於良心的刺痛，寬恕是無能為力的。珀克麗絲知道了丈夫聽信了奧羅拉的話，不僅妒火中燒，她認為，他的丈夫為了得到奧羅拉的愛撫也會背叛妻子，就像她為了金子背叛丈夫那樣。

為證實自己的判斷，在塞法路斯穿過岩間、到起伏的山頂上和隱蔽的山谷中去打獵時，珀克麗絲便偷偷地跟蹤他。

在一個生滿荒草的山谷中，她躲在沼澤地的蘆葦叢裡監視塞法路斯，無意中動了一下。塞法路斯以為是頭野獸，便一箭將她射死了。

我不知道應當說，世上最珍貴的東西是金子；還是應當說，世上最愚蠢的事情，是尋找自己並不希望發現的東西。這個愚蠢女子證明了這兩條箴言對她而言都是對的。不僅因此使自己蒙上了永久的恥辱，還得到了她並不想要的死亡。

阿卡奎亞
——愛夫至深的女人

希臘女子阿卡奎亞(Argia)是阿耳戈斯古代君王們的著名後代，是阿耳戈斯國王阿德剌斯托斯的女兒。她具有驚人的美貌，當時的人一見她便會陶醉。她給後人留下了一段夫婦之愛的永恆記錄，直到我們這個時代依然閃耀著特殊的光輝。

阿卡奎亞嫁給了底比斯國王俄狄甫斯的兒子波呂尼克斯。為他生了一個兒子，取名忒耳珊德耳。國王俄狄甫斯因弒父娶母無顏面世不知所終之後，波呂尼克斯與兄弟厄忒俄克勒斯共同執政，達成輪流執政協議。

波呂尼克斯在先，屆滿後將王位交給了厄忒俄克勒斯，但後者卻背信棄義，屆滿時拒絕交權，並對底比斯王國實施殘暴的統治。波呂尼克斯在兄弟的欺騙和愚弄下飽受苦澀煎熬。阿卡奎亞便將它當做自己的憂慮，用眼淚和懇求說服自己年邁的父王阿德斯拉托斯起兵攻打厄忒俄克勒斯。不僅如此，為了避免一個不祥神諭造成的有害後果，阿卡奎亞還表現出了超出女子天性的慷慨大度，自願贈給先知安菲阿拉俄斯的妻子、自己的姑姑厄里費勒一條珍貴的項鏈，這條項鏈無比美麗，是火神赫懷斯托斯送給底比斯國王的結婚禮物。這個舉動使一直隱居的安菲阿拉俄斯被迫出山與她的丈夫一起，加入了阿耳戈斯人發動的攻打底比斯的戰爭。

可惜的是，戰爭失敗了。阿德剌斯托斯國王損失慘重，包括波呂尼克斯在內的六位英雄都在底比斯殞命，阿耳戈斯人已經孤立無援、潰不成軍了。焦慮萬分的阿卡奎亞聽說丈夫波呂尼克斯的屍體還與那些無名者的屍體躺在一起，尚未掩埋之後，傷心欲絕。她不顧女人的

《維納斯解除瑪爾斯的武裝》　十九世紀初　法國　雅克・路易・大衛

軟弱，毅然離開華貴的宮廷，帶著幾名同伴動身趕往戰場。強盜、野獸、尋覓腐屍的鳥類、死者四處遊蕩的鬼魂，都未能將她嚇倒。

但有件更加恐怖的事情，在等著她。新底比斯國王克瑞翁頒布的禁令：對為任何被戮者舉行葬禮者，一律斬首。但阿卡奎亞懷著義

無反顧的決心，置生死於度外，在午夜趕到了戰場。

她一一翻遍散發著臭氣的屍體，靠手中火炬的微弱亮光，辨認著心愛夫君的模樣。她不停地搜尋，直至找到了丈夫的屍身。

那簡直是個奇蹟！除了滿懷愛情的妻子，其他任何人都無法認出那張臉：生鏽的盔甲已變形，上面滿是灰土污物，濺滿了腐臭的血，齟齪不堪，正在腐敗。

但這一切並沒有阻止阿卡奎亞的親吻。克瑞翁的那道禁令阻止不了她的眼淚，她的悲悼。她向丈夫的遺體獻上祭品，一次又一次地親吻著冰冷的屍身。她用淚水清洗著丈夫惡臭的四肢，一遍遍地呼喚著那具沒有感覺的軀體回到她的懷抱中。在履行了自己全部的虔誠義務之後，她點燃了丈夫的屍體。屍體火化後，她又將骨灰裝進骨灰罐裡。火苗使阿卡奎亞想到自己已因祭奠丈夫而違反那道禁令，但她既不怕那位嚴厲國王的監獄，也不怕他的利劍。

阿卡奎亞為丈夫舉行的最後儀式絕對是真情的見證。她本來可以在家中哭泣，卻深入了險象環生的敵人領地。她本來可吩咐別人去做的事，卻親手觸到了沙場上腐臭的屍體。她祭奠亡靈使丈夫享受了王室的榮譽，而根據當時的局勢，將丈夫的屍體秘密掩埋起來本已足夠了。為避免風險她本可以默默地悼念，現在卻用妻子的公開方式來哀悼亡夫。而從一位死在疆場的丈夫那裡，她已經不指望得到任何東西了。她更應當害怕的，是眼前之敵對她的威脅。然而這一切，都沒有將她嚇倒。

這就是真正的愛情、神聖的婚姻和毫不動搖的貞潔使她做出的壯舉。阿卡奎亞的這些美德，我們應當用金光閃閃的號角高奏對她的讚美，宣揚她的名聲與榮耀。

曼托

——明哲而聰慧的祭司

曼托(Mantho)是底比斯最偉大的盲人占卜師忒瑞西阿斯的女兒。俄狄甫斯國王及其兒子在位時,她非常有名。她如同盲父的眼睛,思維敏捷,頭腦聰慧,精通火焰占卜術這種古老技藝。

火焰占卜術是古巴比倫人發明的。但是有些權威人士認為,發明者是諾亞的曾孫寧錄。在曼托的時代,誰都不如她那樣通曉火苗的運動、顏色及畢剝低語。據說,依靠某種魔法的作用,其中會包含對未來的指示。不僅如此,曼托還精通如何用羊的內臟、牛的肝臟以及其他動物的重要器官占卜。

人們相信,她常常用法術召喚不潔淨的靈魂,還能迫使死者的幽靈說話,讓它們回答問題。

圍攻底比斯的阿耳戈斯國王們戰敗後,克瑞翁控制了底比斯城,曼托逃出了這位新國王的掌握,去

了阿卡亞。她在那裡建造了那座以神諭而聞名於世的「智慧的阿波羅」神廟,她還生了個男孩名叫摩普蘇斯,後來也成了著名的占卜師,但沒人知道他的父親是誰。

有關曼托的另外一些史料說,底比斯戰爭之後,曼托曾和幾個同伴一起長期流浪,最後來到了義大利。她在義大利嫁給了一個名叫提波利紐利的人,並懷孕生子。至於她兒子的名字則眾說不一,一些史料說叫西特昂努斯,另一些史料說叫伯阿諾爾。

後來,曼托和兒子一起去了阿爾卑斯山山南的高盧地區。她看到義大利北部加爾達湖周圍有大片沼澤,是天然屏障,她在那裡既能更自由地使用其法術,又可以安度餘年,她便在那塊濕地中部地勢較高的地方住了下來。

她在那裡去世,被葬在了那

裡。據說,她的兒子在她墳墓附近為母親的追隨者建造了一座城,並按照母親的名字為它命名為「曼托亞」。

然而,另一些權威人士卻相信:曼托終生保持了自己的處女之身。倘若曼托沒有用法術從事邪惡的行為,倘若她的確為了神諭保留了自己的處女之身並將它清白地奉獻給了神明,那真是件榮耀、神聖和值得讚美的事。

米南人之妻
——捨身救夫的斯巴達貴婦

米南人本是品行高尚的一群青年，是伊俄耳科斯王子傑森和他手下的阿耳戈英雄們的水手。他們為獲取金羊毛而進行的科爾喀斯遠征結束之後，米南人便離開了自己祖先的土地，來到希臘，並將斯巴達選作新的居住地。斯巴達人慷慨大度地給予米南人以公民權，還讓他們當上了元老院議員，進入了斯巴達共和國的當權階層。

可是，米南人的後裔卻忘記了當年斯巴達人的殷勤慷慨，他們鋌而走險，企圖讓斯巴達人臣服於米南人的奴役之下。

當時的米南人都是富有的青年，不僅以自身的地位高貴聞名，而且還依靠他們與斯巴達貴族的關系而身價倍增，名聲顯赫。他們有許多優越之處，其中包括美麗的妻子們，她們都出身於斯巴達貴族家庭。米南人還有大量侍從僕役。這些都是米南人值得炫耀的榮譽。

如此一來，他們便被愚蠢的妄念衝昏了頭腦，狂妄地以為自己比其他一切人都高貴。這種態度使他們陷入了對權力的渴望，促使他們制定了顛覆國家的輕率計劃。米南人的罪惡圖謀敗露後，他們被捕入獄，並被作為國家公敵，公開判處死刑。

按照古代斯巴達人的慣例，宣判次日夜裡，劊子手就要將這些米南人處死。

當夜，悲痛哭泣的米南人妻子們想出了一個搭救死囚丈夫的出奇計劃，並立即付諸實施：暗夜將臨的時候，她們穿起粗劣凌亂的衣服，用面紗遮住淚痕斑斑的臉，假藉去看望即將被處死的丈夫們，來到死囚監獄。

貴族女子的身分使她們很容易地獲得了獄卒的批准，進入了死牢

《奴隸市場》 十九世紀 法國 古斯塔夫・玻朗格爾

見到了丈夫之後，她們沒有時間哭泣和悲嘆，立即將營救計劃講給丈夫們聽。

然後，她們和丈夫調換了衣服，丈夫們像妻子們那樣用面紗蒙住臉，流著熱淚，目光垂地，佯做悲哀，藉助暗夜和獄卒對貴族女子的尊重，偷偷地溜出了崗哨，逃離了監獄。

他們的妻子們則在死牢中穿著丈夫的囚服做替身，等待劊子手的到來。當劊子手發現真相時，為時已晚，米南人的妻子們已成功地解救了自己的丈夫。

這些女子對丈夫的忠誠的確偉大，她們對丈夫的愛情也很高尚。當丈夫身處險境的時候，她們集中智慧，想出了那些平素無法設想的計策。她們準備了工具，制定了行動步驟，想出了欺騙那些嚴苛而警

覺的獄卒的辦法。她們義無反顧地棄絕了感官享樂的迷霧，懂得爲了愛人的安全，須竭盡全力地奉獻出一切。她們從心底喚起了一種責任感，不計一切，冒險行動，以使自己的丈夫逃離險境。結果，這些妻子的高尚愛情使丈夫們免除了死亡，獲得自由。公眾的權威本已將他們定罪監禁，愛情卻使那些注定將被斬首的人逃脫了劊子手的掌心，重獲生命與平安。

更不同尋常的是，爲了達到目的，這些女子爲幫助丈夫逃避法律的嚴懲，敢於對抗公共法令，對抗元老院的權威，對抗全城人的意志，不怕在那些上當獄卒的眼皮底下，將自己囚禁在死牢中。

由於當時作家的疏忽，或者由於時間過於漫長，現在我們已無法知道米南人妻子的姓名和數量，因而不公正地抹去了他們因格外英勇的行爲而應得到的殊榮。命運的安排如此不公。完全是懷有嫉妒之心的人使然。

對此，我應當盡己所能，給予這些無名女子恰如其分的讚譽，並且儘力使她們永垂不朽。因爲她們值得被如此對待。

彭特西勒亞
——為愛而戰的女王

彭特西勒亞(Penthesilea)繼承了安提俄珀與奧瑞西亞姊妹女王的王位，做了阿瑪宗人的女王。但我未曾讀到過有關她父母的情況，據說，她是戰神瑪爾斯的女兒。

彭特西勒亞十分美麗，但她並未將自己的絕世美貌放在眼裡，並克服了女子身體的柔弱，穿上了祖先的鎧甲，用頭盔遮住金色的捲髮，掛上箭囊、登上戰車、跨上戰馬，不像女子，而像個戰士。在需要氣力和技能的事情上，她使自己勝過以往任何一位男性英雄。彭特西勒亞顯然也不乏智慧，因為我們讀到她發明了雙面戰斧，此前人們一直不知道它。也有的人說，這是復仇女神送給她的戰爭武器。

一些史料記載說，彭特西勒亞聽說特洛伊的赫克特無比英勇，雖未見面，但已狂熱地愛上了他。她打算像前任女王那樣有個兒子，並希望赫克特就是孩子的父親。為此，她情願帶領大量軍隊，去協助赫克特進攻入侵特洛伊的希臘人。

彭特西勒亞希望以自己的作戰技能而不是美貌取悅赫克托爾。她逃選了十二名女英雄一起來到特洛伊城下。彭特西勒亞左手提著兩根長矛，右手握著雙面戰斧，連那些聲名卓著的希臘王子，都未能認出頻繁參加激烈戰鬥的彭特西勒亞。她數次用長矛擊倒敵人，用利斧攻破敵軍的戰線，用弓箭射退大群敵兵。彭特西勒亞以多種方式做出的如此眾多的輝煌壯舉，使看到她作戰的赫克特本人也發出讚嘆。

一次，這位英勇無畏的女子與集結的敵軍作戰，在她的許多隨從被敵軍殺死後，她也受了致命傷，悲慘地倒在了被她殺死的希臘人當中，悲壯地向赫克特證明了她是他如此偉大的戀人。

坡麗莉娜
——以身作餌的美女

少女坡麗莉娜(PolyXena)是特洛伊國王普里安摩和妻子赫邱芭的女兒。她的美貌光焰四射，點燃了阿耳戈英雄珀琉斯之子、強悍無比的阿基里斯的愛火。當時，阿基里斯正率領希臘軍隊圍攻特洛伊城。據說，坡麗莉娜遵照母親赫邱芭的計策，在一天夜裡將阿基里斯單獨帶到特洛伊人的阿波羅神廟中，造成了他的慘烈死亡。被激怒的希臘人更瘋狂地猛攻特洛伊城，最後，特洛伊軍隊崩潰了，特洛伊城也陷落了。希臘聯軍進入特洛伊城後，阿基里斯的兒子涅俄普托勒摩斯要為父親報仇，便將坡麗莉娜帶到其父親的墳前，準備殺死她，以告慰父親的亡靈。在那裡，這位姑娘心情平靜地望著那怨憤的青年，在哭泣的旁觀者面前抽出了寶劍。儘管罪不在她，她還是面無懼色地引頸就戮。她的從容鎮定慷慨赴死，打動每一個人。人們讚嘆她的勇氣，也惋惜她的死亡。

波呂塞克娜青春茂盛的年華、女性的柔弱、公主的嬌嫩和多舛的命運，這一切都無法挫敗她那無畏的崇高精神，這當然是個壯舉，值得銘記永遠。在得勝之敵的利劍下，面對著連高尚男子都會動搖崩

《安德洛瑪刻哀悼赫克特》
十八世紀末 法國 雅克·路易·大衛

潰的死亡，她的壯舉尤其值得永誌不忘。

我很容易相信，坡麗莉娜的行為乃是高貴的自然女神的創造，因為自然女神想透過少女說明：倘若充滿敵意的命運沒有如此迅速地攫去坡麗莉娜的性命，她將會成長為何等出色的女子。

赫邱芭
——歷經苦難的特洛伊王后

特洛伊人最著名的王后赫邱芭(Hecaba)的身世，提供了一個值得矚目的例證，說明了榮耀之無常，也是人類苦難的一個真切實例。

一些記載說她是伊翁之子底馬斯的女兒，而伊翁則是太陽神阿波羅與雅典國王女兒克瑞烏薩的兒子，是愛奧尼亞人的祖先。但另外的說法卻斷定赫邱芭的父親是佛律奎亞國王昔修斯。我本人相信這個說法，因為大多數史料都如此認為。年輕姑娘赫邱芭嫁給特洛伊著名國王普里阿摩斯後，為他生了十九個子女，其中包括赫克特，他是特洛伊人絕無僅有的榮耀，戰功卓著，為自己贏得了不朽的英名，也為父母和王國贏得了永久的聲譽。

不過，赫邱芭的出名，卻不僅僅因為她治國有方和子女眾多。恰恰相反，厄運的打擊才使她舉世聞名。

在特洛伊戰爭中，赫邱芭萬分悲痛地哀悼死於希臘聯軍大英雄阿基里斯之手的兩個兒子：一個是她無比鍾愛的赫克特，另一個是小兒子特洛伊羅斯。

赫邱芭還為那個屠夫幾乎完全

《忒提斯聽到阿基里斯的哭泣》
十八世紀　義大利
喬萬尼‧巴蒂斯塔‧提埃坡羅

毀滅了特洛伊王國的都城而悲戚。在那場殘酷的戰鬥中，這不幸女子經歷的痛苦實在是太多了。她親眼目睹了兒子帕里斯被皮洛斯屠戮，目睹了特洛伊王子得伊福玻斯的耳鼻被砍掉之後的慘死，目睹了希臘人放火焚毀特洛伊城的慘象，目睹了波利忒斯在父親的腿上被殺，目睹了年邁丈夫普里阿摩斯國王在自己家的祭壇前被剖腹。此外，赫邱芭自己、女兒卡珊德拉、兒媳安德洛瑪刻也成了敵人的俘虜。她還親眼目睹了自己的女兒坡麗莉娜在阿基里斯墳前被殺，孫兒阿斯堤那克斯被從藏身處找出，撞死在岩石上。

最後，她在色雷斯海岸找到了兒子波呂墨斯多耳的墳墓，他是被色雷斯國王波林涅斯托耳為侵吞兒子的財產背信棄義殺死的。

據一些權威史料記載，這些悲苦如此眾多，如此殘酷，使赫邱芭發了瘋，像狗一樣在色雷斯的野地間號叫。

據說，赫邱芭死後葬於赫勒斯蓬特的一個山丘，那裡被取名為庫諾塞瑪，意為「狗冢」。另一些史料則說，敵人將赫邱芭和其他活下來的特洛伊人擄為奴隸，她最後的苦難，則是目睹了希臘聯軍大統帥，邁錫尼王阿伽門農被妻子克麗泰梅絲特拉謀殺後，又下令割斷了同是被擄為奴的女兒卡珊德拉的喉嚨。

卡珊德拉
——死於非命的可憐公主

卡珊德拉(Cassandra)是特洛伊國王普里阿摩斯和王后赫邱芭的女兒。

許多史料斷言：希臘美女錫西拉島王后海倫被誘拐之前很久，卡珊德拉就曾多次預言過兄弟帕里斯王子大膽的誘拐行為。以後海倫到達特洛伊城、特洛伊城長期被包圍、以及普里阿摩斯國王及其王國的最後覆滅等卡珊德拉都曾預言。那些史料還說，卡珊德拉的那些預言並未被特洛伊人相信，她因此還遭到過父親和兄弟們的毒打。

關於她的預言術，有這樣一個傳說：太陽神阿波羅愛上了卡珊德拉，想成為她的情人。卡珊德拉答應了阿波羅的要求，條件是阿波羅賦予她預知未來的法術。但她得到了這種才能之後，卻沒有履行自己的諾言。阿波羅無法收回自己的饋贈，便給卡珊德拉附加了一個條件，即讓人人都不相信卡珊德拉的預言。因此，每當卡珊德拉說出預言時，每個人都毫不相信。

卡珊德拉曾被許配給一位名叫科羅伊波斯的年輕貴族，但他還沒有來得及將卡珊德拉帶上婚榻，便死於戰爭。

《小埃阿斯劫奪卡珊德拉》 十九世紀 英國 所羅門

特洛伊城陷落後，卡珊德拉被俘，命運將她交到了希臘聯軍統帥邁錫尼國王阿伽門農手中爲奴。在與阿伽門農回邁錫尼島途中，卡珊德拉預言了王后克麗泰梅絲特拉給阿伽門農設下的圈套和阿伽門農之死。然而，她的話依然無人相信。經過危險重重的長途跋涉，他們到達了邁錫尼。在那裡，阿伽門農因克麗泰梅絲特拉的背叛而被殺死，卡珊德拉也被克麗泰梅絲特拉下令割斷了喉嚨。

克麗泰梅絲特拉
——姦情殺夫的女王

克麗泰梅絲特拉(Clytamnestra)是斯巴達國王泰達雷歐斯與傳說中的海上仙女麗達的女兒。她和卡斯特、波爾克斯、海倫是同母異父姊妹，年輕時嫁給了邁錫尼國王阿伽門農。克麗泰梅絲特拉的祖先與婚姻使她很有名氣，而她邪惡的膽量則使她更爲出名。

當丈夫阿伽門農國王指揮希臘聯軍在特洛伊作戰時，已爲這位國王生了幾個孩子的克麗泰梅絲特拉還是愛上了阿迦門農的表兄弟埃癸斯托斯。

埃癸斯托斯是已故的堤厄斯特斯與珀羅比亞的兒子。堤厄斯特斯與阿伽門農的父親已故國王阿特柔斯是親兄弟，曾因謀奪王位遭到過懲罰。埃癸斯托斯是個懶惰無用的

青年，因身爲祭司而沒有去從軍作戰。

　　有些史家記載說：年邁的瑙普利俄斯因兒子帕拉墨得斯被希臘聯軍中的伊達卡國王奧地修斯所殺，瑙普利俄斯爲報復希臘聯軍，便慫恿聯軍統帥之妻克麗泰梅絲特拉和埃癸斯托斯私通。

　　這樣的一顆邪惡之心，讓這個膽大妄爲女人的背叛更加頑固徹底，她以不顧後果的兇狠和殘忍，來對付自己的丈夫。這或者是因爲對自己已犯下的通姦罪的恐懼 (因爲阿伽門農率軍打敗了特洛伊人之後正在返回邁錫尼)，或者是因爲她姦夫的挑唆，或者是出於憤慨和嫉妒(因爲阿伽門農正將特洛伊公主卡珊德拉帶回邁錫尼)。或者就是爲了實現奪權的目的。不管怎麼說，在阿伽門農從特洛伊凱旋時，克麗泰梅絲特拉假作歡喜，在王宮迎接，並爲丈夫接風洗塵。設宴慶祝。一些記載說：當被海上的暴風雨顚簸得筋疲力儘的阿伽門農，進餐後不久即酒醉，克麗泰梅絲特拉便命躲在暗處的姦夫埃癸斯托斯殺死了他。

　　但另一些史料則說：當阿伽門農身穿凱旋服裝坐上宴桌邊時，這個背叛的妻子藉口要將宴飲變爲希臘人更盛大的節日，哄他換上家鄉的衣服，那些衣服都是她事先準備好的頸部沒有開口的長袍。阿伽門農不知是計將胳臂伸進衣袖，與長袍糾結在一起，卻沒辦法將頭伸出來。正在這時克麗泰梅絲特拉將如同被半捆綁著的丈夫推向了充當殺手的姦夫。阿伽門農被殺死了，卻沒有見到兇手。此後，克麗泰梅絲特拉篡取了王位，與姦夫埃癸斯托斯共同執政七年。

　　後來，靠友人的暗中幫助才免遭母親毒手的阿伽門農之子俄瑞斯忒斯逐漸長大成人，決心爲父報仇。他利用恰當時機，殺死了克麗泰梅絲特拉及其姦夫埃癸斯托斯，爲父親報了仇。我不知道該譴責謀殺，還是該譴責實施這個罪行的方式。謀殺阿伽門農是一樁重大的罪行，因爲高尚的阿伽門農要死也應

該死在戰場上的敵人之手，而不該
死於如此下作的小人之手。而第二
次謀殺手段更爲惡劣，因爲它完全
出自背信棄義的女人的陰謀詭計。
不過，我的確不得不稱讚他們的兒
子俄瑞斯忒斯的美德。他雖然長期
忍受了那種局面，並飽受屈辱，但
他與淫邪母親的親情，卻並未使他
放棄爲死於非命的父親勇敢復仇之
念。兒子使有罪的母親得到的最後
下場，正是他無辜的父親當年所承
受的結局，因爲正是那姦邪淫蕩的
祭司按照這墮落女人的吩咐，共同
謀殺了他的父親。因此，俄瑞斯忒
斯殺死了這對姦夫淫婦，用那兩名
惡人的血償還了他父親的血。

《厄勒克特拉在阿伽門農墓前》
十九世紀　英國
弗爾德里克‧雷頓

海倫
——絕代佳人

人們普遍認為，海倫(Helena)之所以舉世聞名，既因為她的淫蕩貪欲，也因為由此而引發的那場曠日持久的特洛伊戰爭。她是斯巴達國王曼尼勞斯的妻子，據傳她的先父是萬能的眾神之父朱比特(希臘神名宙斯)，繼父是斯巴達王廷達俄瑞斯，母親是個十分可愛的女子，名叫麗達。

各種古代史料(先是希臘人的，後是拉丁人的)都記載說，海倫美貌超群出眾，是那個時代最漂亮的女子。僅舉一例便能說明這一點：即使具備神明般天才的偉大詩人荷馬窮盡了全部才能，也無法用詩文描述海倫的美麗。

不僅如此，許多著名畫家和雕刻家都曾打算完成同一個任務：傾全部精力至少要將海倫奇蹟般美貌的大致模樣留給後世。其中包括當時最受尊敬的著名畫家宙克西斯，據說他畫的葡萄曾引來小鳥啄食。克洛頓人以重金請他繪製海倫畫像，他便將自己全部才藝集中於畫筆來描繪海倫的美貌。他的唯一樣本就是荷馬的史詩和海倫本人的舉世盛名，這些使宙克西斯對海倫的容貌及身體其他部分先有了大致的構想。然後再參照其他眾多美女，便可畫出海倫的絕頂美貌。將這想法告訴了訂作者們之後，克洛頓人給他找來了他們當中幾乎所有最美的少男少女。宙克西斯從中挑選了五名相貌最出眾的，然後發揮他全部的創造力，作出了一幅綜合五人之美的畫像。可是，人們看過後還是認為他並未充分地表現出要描繪的那個對象。

雅典王埃勾斯的兒子忒修斯是第一個被海倫的驚人美貌迷住的人。當年，在從雅典去斯巴達的路上，他大膽地拐走了還是少女的海

倫。她當時，正按照當地習俗在體育學校中操練。實際上，忒修斯只從海倫那裡得到了幾個吻，別無其他。海倫的兄弟們去尋找她時，忒修斯的母親厄勒克特拉將海倫還給了他們。

海倫長大後，嫁給了斯巴達國王曼尼勞斯，還為他生了個女兒，名叫赫耳彌俄涅。

數年之後，特洛伊王子帕里斯回到了特洛伊城，他曾因母親懷孕時夢見生下一個火炬燒毀了特洛伊城而被遺棄在伊得山上。

他長大後回到特洛伊，在一次角力中打敗了當時還互不相識的兄弟赫克特，面臨生命危險，母親認出了帕里斯的幾件兒時玩具，才免於一死，終於母子相認。

此後不久，帕里斯想起了愛神維納斯曾許諾給他一個非常美麗的妻子，那許諾是對他在伊得山上做出的那個裁判的回報。

當年在伊得山上，有天后朱諾、智慧女神彌涅爾瓦和愛神維娜斯。三位女神在一次婚宴上，找到了糾紛女神投下的一個金蘋果，上

《帕里斯與海倫》十九世紀比利時本傑明·威斯特

有「送給最美的女人」的字樣，三位女神都想得到，便請當時是牧人的帕里斯裁判，並分別向他許諾榮譽、富貴和美女作爲回報。

帕里斯要美女，便把金蘋果判給了維納斯。現在，他想到希臘去尋找他未來美麗的妻子，或者按照一些史料的說法是想要回當年希臘人攻破特洛伊城拖走並嫁給了希臘人忒拉蒙爲妾的公主赫西俄涅。帕里斯在伊得山附近組建了一支小型艦隊，帶著大批侍從來到希臘，受到了曼尼勞斯王的款待。

一到斯巴達，帕里斯見到絕世美女海倫光彩照人，高雅的舉止中帶著輕佻，並渴望得到讚美，就馬上愛上了她。他眼裡閃爍著激情的光芒，利用每一個機會，在海倫並不貞潔的心中悄悄地埋下對他的愛慾。命運女神支持了帕里斯的這番努力：曼尼勞斯爲辦理公務去了克里特，海倫將帕里斯留在了宮中。

帕里斯的行爲恰好兌現了母親赫邱芭夢中見到她那個「火炬」。因而在那天夜裡，帕里斯在拉科尼亞，即伯羅奔尼撒半島的海邊捉住了海倫，並將她拐走。他將海倫帶上一條等在岸邊的船，經歷了重重危險，回到了特洛伊。

特洛伊國王普里阿摩斯給了海倫格外的禮遇，他以爲這樣做便能洗清特拉蒙拒絕交還赫西俄涅帶來的恥辱。這位國王卻並不知道：他爲特洛伊迎來的海倫，是使他的王國最終覆滅的起因。

海倫被誘拐出走引起了全希臘的騷亂。希臘的各國的君主大多都責備帕里斯做的壞事，卻看不到海倫的輕佻淫蕩。他們多次要求海倫回去，但毫無結果。於是，他們便爲毀滅特洛伊而聯合起來。

希臘各國的君主們將軍隊組成聯軍，將一千多艘滿載武裝士兵的戰船，開到了弗里吉亞的西戈烏姆海岬和羅厄托姆海岬之間，並登上了海岸。雖然遇到了弗里吉亞人的抵抗，希臘人還是包圍了特洛伊城。海倫站在被圍困的城牆上，算是真正認識了自己美貌的價值。她看見海岸上全是希臘聯軍，附近的

一切都被他們的火和劍摧毀了，人們在廝殺，紛紛死於彼此造成的重創，大地上到處濺灑著特洛伊人和希臘人的鮮血。

希臘人索要海倫，特洛伊人堅決不放，兩者的決心都異常頑強。這使特洛伊城被圍攻了十年之久，大批高貴的男人遭到了恐怖的屠戮，雙方統帥赫克特和阿基里斯都戰死疆場。在此期間，希臘聯軍的神箭手菲洛克忒忒斯射殺了帕里斯，海倫再度結婚，嫁給了一個更為年輕的男子，普里阿摩斯的另一個王子得伊福玻斯。就彷彿她自己前番的罪孽還不夠深重似的。

最後，希臘人做了個嘗試，意在以海倫為內應，獲得用武力不能獲得的成功。海倫是特洛伊之戰的起因，她自願參與了那個計劃，打算幫助希臘人攻克特洛伊城，重新獲得丈夫斯巴達國王曼尼勞斯的恩寵。

希臘人佯裝撤退之後，長期的抵抗和消耗使特洛伊人個個疲憊不堪。他們在歡樂慶祝宴會之後沉入了夢鄉，海倫便假裝跳舞慶賀。時機一到，她點起一支火炬，從要塞上向正在等待的希臘人發出了信號。希臘人殺了回來，悄然進入了這座沉睡著的城池敞開的每一個大門。

特洛伊城被焚毀了，希臘聯軍殘酷地殺戮特洛伊人，而海倫在被拐二十多年之後，又回到了第一位丈夫曼尼勞斯身邊。

然而，另一些史料卻說：海倫當年是被帕里斯脅持的，她丈夫親自前去將她要回。他們在返回希臘途中遇到了暴風雨和逆風，因而延誤了歸期。曼尼勞斯帶著海倫不得不向埃及前進，並在那裡受到科任托斯國王波呂玻斯的熱情接待。後來暴風雨停了，曼尼勞斯與妻子海倫便回到斯巴達，並受到了歡迎。當時，特洛伊城已經被摧毀了將近八年。我不記得自己曾讀到過海倫此後還活了多久，她都做了些什麼事情以及她後來死於何地。

瑟西
——邪惡的太陽神之女

瑟西(Circe)是個著名的女子，詩歌記載，瑟西是太陽神與水仙神女珀耳塞的女兒。珀耳塞的父親是大洋之神俄刻阿諾斯。瑟西還是科爾喀斯國王埃厄忒斯的妹妹。

瑟西具有非凡的美貌，或是因為她精通草藥，或更可能是因為她精通巫術。甚至在我們這個時代，她的魔法符咒依然十分有名。

在喀耳利奧的地方，所有登上那個瑟西居住的小島的水手，無論是有意還是被風暴吹去的，都會被瑟西用魔法或毒劑變成各種動物。她用狡計和甜言蜜語，不僅迷惑了許多到她那裡尋歡作樂的人，還驅使其中一些人做了強賊和海盜；另一些人則中了她的圈套，將名譽全拋在一旁，去做騙人買賣，成了奸商。許多人因為非常愛她而深陷其中，變得傲慢自負和麻木不仁。因此，我們便有理由相信：那些因自己做的壞事而被變成動物的男人，乃是由於這個帶來厄運的女人的影響，喪失了人的理性。瑟西的真正丈夫名叫皮庫斯，他父親是拉丁人的國王薩圖爾努斯；瑟西還教丈夫如何預言。皮庫斯後來愛上了其他女人，引起了瑟西的嫉妒。她將丈

《瑟西向奧地修斯敬酒》
十九世紀末 英國 約翰‧威廉‧沃塞豪斯

夫變成了一種名叫「皮庫斯」的鳥，即啄木鳥。

據記載，伊達卡國王奧地修斯在特洛伊戰爭之後，在歸國途中遭遇風暴，在海上漂泊了十年，在此期間曾誤登該島，他那些同伴就遭到了這樣的命運，但他本人則靠眾神使者墨丘利的忠告而倖免。

奧地修斯拔出寶劍，威脅這個女巫說要殺死她，她才使他的同伴恢復人形。此後奧地修斯與瑟西一起住了一年，生了一個兒子，名叫忒勒戈諾斯，然後十分明智地離開了她，繼續航行。

卡米拉
——英雄的女獵手

沃爾錫人的女王卡米拉(Camilla)是一位值得紀念的傑出少女。她父親是沃爾錫的古代國王梅塔玻斯，母親卡斯米拉在生她時便死去了。因此，梅塔玻斯為了安慰自己，便給這孩子取了她母親的名字。

這位年輕女子自出生起便遭受命運的嚴酷打擊。卡米拉的母親死後不久，沃爾錫的普利沃努姆人便突然發動了一次叛亂，將國王梅塔玻斯趕出了他的王國。梅塔玻斯倉皇出逃，匆忙中只帶了被他看做重於一切的小女兒卡米拉。這不幸的人抱著卡米拉徒步流浪，來到了阿瑪森努斯河畔。這條河因前日暴雨正在漲水，他無法抱著孩子從河上游過去。就在此刻，梅塔玻斯得到

了神的啓發，因爲神不願讓這個注定要出名的孩子遭受悲慘命運。於是，梅塔玻斯將卡米拉綁在了一塊軟木樹皮上，將樹皮包裹的孩子縛在他碰巧隨身帶著的一柄長矛上，虔誠地向月亮女神黛安娜禱告，求她拯救卡米拉。

那柄縛著女兒的長予來回顫動著，梅塔玻斯竭盡全力，將它擲向對岸，然後立即朝它游了過去。由於神的護佑，女兒平安無事地躺在對岸。儘管身處苦難，梅塔玻斯還是很高興。他來到森林中的一個藏身處，用野獸的奶水精心餵養小女兒。卡米拉長大些後，便用獸皮遮身，用彈弓射出飛鏢，身掛箭囊，拉弓射箭，追趕捕捉野鹿和野羊。她雖是女孩，但不屑去做女人的一切。她非常重視自己的處女之身，屢屢挫敗年輕愛慕者的進攻，還斷然拒絕了許多王子的求婚。她全心全意地侍奉女神黛安娜，因爲她父親曾代她向黛安娜作過這樣的承諾。因卡米拉武藝超群，她後來被召回了父親的王國，但她的決心並未動搖。

愛神維納斯之子，特洛伊之戰的英雄亞尼斯從特洛伊來到沃爾錫王國，娶了蘇任托姆國王之女拉維尼亞之後，他與先前要娶拉維尼亞爲妻的拉丁族的魯圖里安國王圖耳努斯之間爆發了戰爭。

卡米拉支持圖耳努斯，率領沃爾錫大軍前去助戰，多次向特洛伊人發動進攻。

一天，卡米拉在激戰中殺死了許多敵人之後，追擊一個名叫科瑞玻斯的人，此人是眾神之母庫柏勒神廟的祭司，她想要他的鎧甲。這時，她的敵人用箭射中了她的胸口，使她受了致命傷。

我希望當今的姑娘們仔細思索卡米拉的先例。請她們想一想：卡米拉這位成熟而自信的年輕女子身背箭囊，自由自在地奔跑，穿過曠野和森林，出沒於野獸的洞穴，斷然抵制淫邪慾望的挑逗，棄絕精緻肴饌美酒的引誘，不僅力拒同齡年輕男子的擁抱，甚至不與他們交談，這是多麼值得稱道的堅貞。

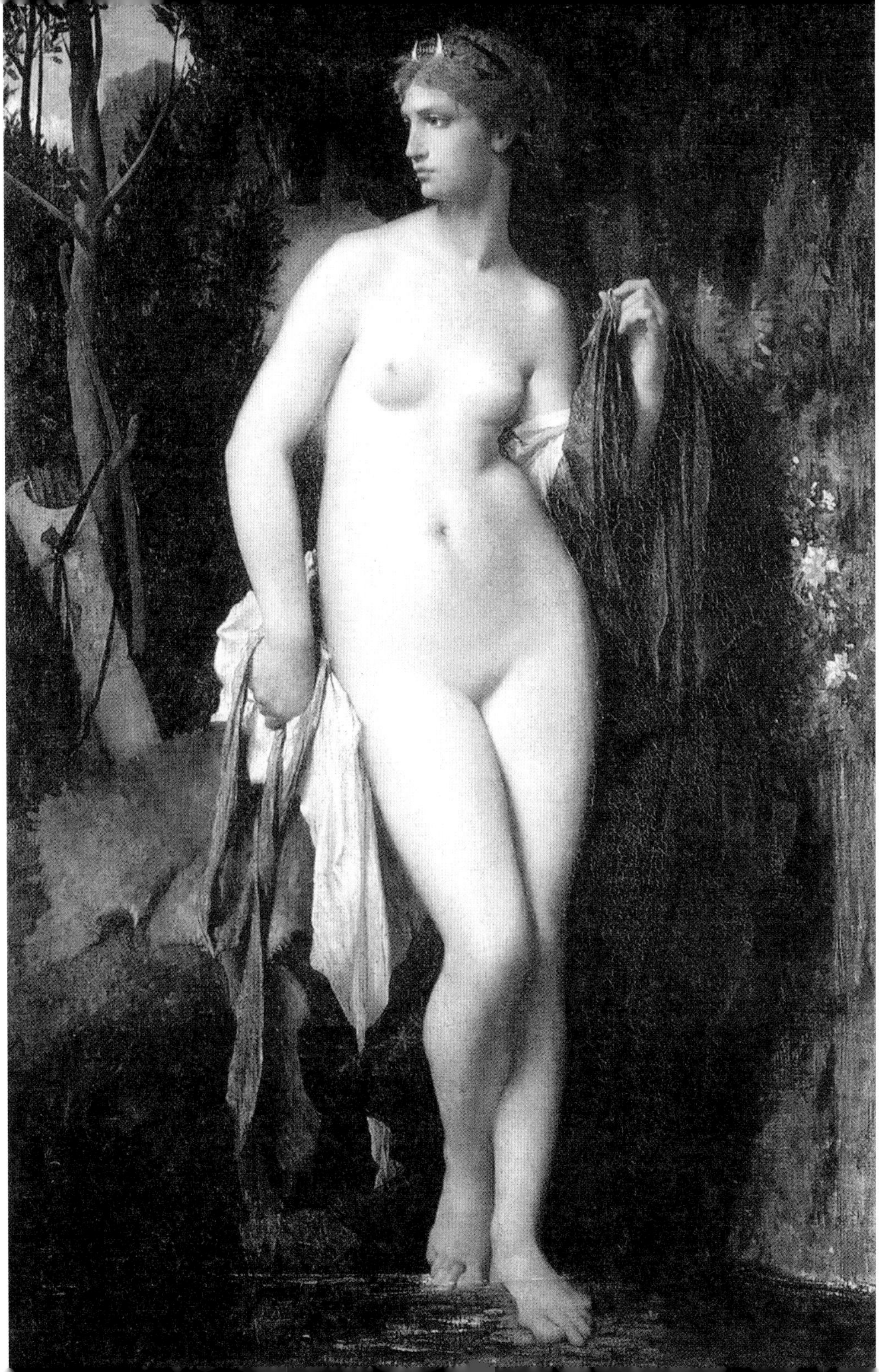

《黛安娜出浴》 十九世紀 法國 赫爾納

潘妮洛普
——守節不移的王后

潘妮洛普(Penelope)是伊卡里俄斯國王和神女珀里玻亞的女兒,伊達卡國王奧德斯修(也稱尤利西斯)的妻子。對於已婚婦女,她無污點的名譽和純潔無瑕的天性,是最聖潔、最持久的榜樣。

潘妮洛普年輕時,她的美麗曾大受讚美。父親將她嫁給奧地修斯時,她依然是處女。她為丈夫生了一個兒子,取名忒勒瑪科斯。奧地修斯突然接到徵召,或更準確地說,他被迫率領伊達卡人參加了攻打特洛伊的遠征,他將妻子潘妮洛普、年邁的父親、母親和年幼的兒子留在了家中。

在整個戰爭期間,潘妮洛普雖未受到什麼傷害,但卻有十年不能與丈夫在一起。希臘的統帥們摧毀特洛伊城返鄉之際,船撞毀在大海的礁石上,他們或被迫在異國登陸,或被海浪吞沒,只有少數人回到了自己的國家。唯有奧地修斯的船隊下落不明。人們引頸期盼的奧地修斯沒有回到故鄉,而且據說誰都不曾見到過他,人們都以為奧地修斯死了。他不幸的母親安提克勒亞也相信了這一說法,以自縊結束了自己的悲痛。

至於潘妮洛普,她一直忍受著丈夫不在身邊的巨大哀愁,而丈夫已死的傳言使她心情更加沉重。她不停地為丈夫哭泣,徒勞地為丈夫祈禱平安。在得不到任何消息的情況下,她決心陪伴年邁的公公萊耳厄斯和自己的兒子忒勒瑪科斯,過著貞潔的寡婦生活,直到老年。

然而,潘妮洛普的美麗容貌、善良性格和高貴出身,令來自伊達卡、克法利亞和埃托里亞的一些貴族產生愛慕並渴望之意。潘妮洛普不斷受到這些求婚者的騷擾,每過一天,奧地修斯生還的理由便彷彿

減少一分。後來，公公萊耳厄斯搬到了鄉下去住，因爲他厭惡潘妮洛普的那些追求者。

這樣一來，那些求婚者更想代替奧地修斯的位置，竭力懇求，頻頻催促潘妮洛普嫁給他們當中的一個。潘妮洛普見無法拒絕，爲了避免自己純潔心靈的決心受到破壞，經過神明的啓迪，想出了一種欺騙的巧妙方式，那就是將做出決定的日期告訴他們，這至少是個權宜之計。潘妮洛普請那些堅持不懈的追求者允許她等待丈夫到她織完那件已經開始織的爲公公準備的壽衣。那些互相競爭的求婚者欣然同意了潘妮洛普的請求。然而，潘妮洛普卻以女性的精明白天辛勤織衣服，夜間再將它拆掉。

她用這個計策，唬住了求婚者。他們在奧地修斯的王宮裡一邊等待潘妮洛普，一邊不斷宴飲作樂，揮霍好些財富。當時間一長似乎不能再繼續欺騙下去的時候，仁慈的神明便使奧地修斯返回了故鄉。他從淮阿卡亞人的王國乘船航海，在征戰十年、漂泊十年，離開故鄉二十年後，不爲人知地隻身回到了伊達卡。

爲了打探有關消息，他聰明地扮作乞丐，找到了自己原先的那些牧人。得到了他的牧豬人歐邁俄斯的好意接待，後者已經是個老人了。從他那裡，奧地修斯得知了一切情況，並見到了兒子忒勒瑪科斯。忒勒瑪科斯四處尋找父親，剛剛從斯巴達國王曼尼勞斯處返回。

《潘妮洛普與求婚者》
十九世紀末　英國
約翰・威廉・沃塞豪斯

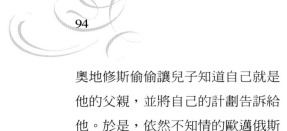

奧地修斯偷偷讓兒子知道自己就是他的父親，並將自己的計劃告訴給他。於是，依然不知情的歐邁俄斯便將奧地修斯帶進了王宮。

奧地修斯看到那些求婚者揮霍他的資產，又不斷向貞潔的潘妮洛普求婚，心中大怒。在他的牧豬人歐邁俄斯、牧羊人菲利提亞和兒子忒勒瑪科斯的幫助下，奧地修斯奮起打擊那些正在大吃大喝的求婚者。

王宮的大門已經關閉，任何人都休想逃命，奧地修斯殺死了妻子的求婚者，還殺死了給敵人提供武器的一個牧羊人墨蘭修斯以及求婚者的情婦——幾個女僕。就這樣，奧地修斯將潘妮洛普從她那些追逐者的圍困中解救了出來。潘妮洛普幾乎認不出奧地修斯了，她驚喜萬分地與長久盼望的丈夫重聚。

我認為：潘妮洛普品行的純潔曾得到許多作家的讚美，她的美德因其罕見而更加著名，更值得頌揚。她受到的煩擾愈是急迫，她的堅貞便愈是忠實，愈是堅定，愈是可貴。

拉維尼亞
——賢淑的特洛伊王子之妻

拉維尼亞(Lavinia)是拉提烏姆國的女王，是克里特的十二泰坦神之一的克洛諾斯（即後來成爲果實之神薩圖爾努斯）的後裔。她是拉丁努斯國王與妻子阿瑪塔的獨生女兒，特洛伊人首領愛神維納斯之子亞尼斯的妻子。她之所以出名，並非因爲她本人有啥功名，而是因爲亞尼斯與拉丁族國王圖耳努斯之間的那場戰爭。

拉維尼亞年輕時就美貌驚人，日後還將繼承父親的王國，因此，圖耳努斯便急於將她娶爲妻子。這個激情迸發的青年不僅是魯圖里安人的國王還是拉維尼亞的母親阿瑪塔的孫子。爲了給這個孫兒爭取利益，阿瑪塔對圖耳努斯曾表示支持。但是，國王拉丁努斯精通占卜，他從一個神諭中得知，他必須將女兒嫁給一個外邦的王子，因此

不願迎合妻子的那些願望。其實，亞尼斯從特洛伊流亡到拉提烏姆國時，拉丁努斯便將女兒許配給了他，並且答應與他結盟，而這正是亞尼斯當時急需的。

拉丁努斯之所以如此不僅是因爲受了神諭之命的驅使，也是受這位特洛伊青年的高貴先祖的影響，這引起了亞尼斯與圖耳努斯之間的戰爭。經過多次交戰，雙方的許多高貴青年血灑疆場，最後特洛伊人取得了勝利，亞尼斯遂娶拉維尼亞爲妻。一怒之下，拉維尼亞的母親阿瑪塔自縊身亡了。

然而，一些權威史料卻說那場戰爭始於拉維尼亞與亞尼斯成婚之後。但無論情況如何，人們都一致贊同這樣一點：拉維尼亞爲著名的特洛伊王子亞尼斯懷了一個兒子。兒子出世以前，亞尼斯就死在了努

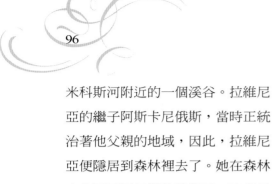

米科斯河附近的一個溪谷。拉維尼
亞的繼子阿斯卡尼俄斯，當時正統
治著他父親的地域，因此，拉維尼
亞便隱居到森林裡去了。她在森林
中生下了亞尼斯的遺腹子，取名為
尤里烏斯·斯維烏斯。但是，阿斯
卡尼俄斯對這位繼母的態度遠比她
想像的仁慈，他接回了拉維尼亞母
子，自動撤回到了他為自己建造的
阿耳巴城，讓拉維尼亞擁有了她父
親的王國。

　　從此以後拉維尼亞胸懷祖先的
高尚精神，過著榮耀而貞潔的生
活，萬分仔細地管理著王國，後來
將它完整無損地交給了自己的兒子
斯維烏斯。

　　但也有一些說法認為：拉維尼
亞被從森林召回王宮以後，嫁給了
一個名叫烏拉姆普斯的人，而阿卡
尼俄則對斯維烏斯待如兄弟，並將
他撫養成人。

《維納斯掩護亞尼斯》
十八世紀　義大利
喬萬尼·巴蒂斯塔·提埃坡羅

狄多娜
——多情多義的迦太基女王

狄多娜原名埃麗薩(Elyssa)，是迦太基王國的創立者和女王。她原是腓尼基國王的女兒，國王皮格馬利翁的妹妹，她的丈夫是海格力斯神廟的祭司，名叫希克巴斯。

說到狄多娜的光榮，我們要追溯到古代。眾所周知，以勤勞著稱的腓尼基人其實來自埃及最遙遠的地區，即敘利亞沿岸一帶。他們在那裡建造了許多著名的城池。

腓尼基人的國王中，有一位名叫阿革諾耳，他在我們這個時代都很有名，更不用說在他那個時代了。如此說來，狄多娜的光榮血統就在於她是阿革諾耳的後裔。她的父親腓尼基國王柏洛佔領塞普勒斯後死在了那裡。臨死前，他將腓尼基王國託付給了還是小姑娘的埃麗薩和比她略大一點的哥哥皮格馬利翁。

國王死後，腓尼基人立皮格馬利翁為國王，並讓年輕美麗的埃麗薩嫁給了地位僅次於國王的海格力斯神廟的祭司希克巴斯。

狄多娜的哥哥皮格馬利翁登上王位後，表現十分貪婪，對黃金慾望無窮。希克巴斯非常富有，他知道國王貪財，便將自己的錢財隱藏起來。皮格馬利翁被貪欲衝昏了頭腦，他要霸佔妹夫的錢財，便不顧親情，殺死了毫無防備的希克巴斯。

聽到這個消息後，埃麗薩悲痛欲絕。她哭泣良久，一次次呼喚著丈夫希克巴斯的名字。她還將各種恐怖的詛咒加在了哥哥的頭上，但都無濟於事。

後來，埃麗薩擔心皮格馬利翁的貪婪會危及自己的性命，便決定出逃。這或許因為她在夢中得到了警告，或許那就是她自己的主意。

《有狄多娜與亞尼斯的
風景》
十七世紀　法國　克勞
德‧洛蘭

她克服了女子的柔弱，使自己變得像男人一樣堅強。

她先取得了城中一些王公的支持，那些人也都因種種原因痛恨皮格馬利翁。然後，她奪取了哥哥爲放逐她而準備的船隻，並在船上布置了忠於她的水手。

當天夜裡，她命人將屬於丈夫的所有財寶和從哥哥那裡竊得的財寶統統裝到了船上。同時她又裝好許多沙袋，謊稱都是希克巴斯的財寶，也都當眾將它們裝到船上。

船一行至公海，狄多娜便命令將這些沙袋丟進海裡，這使那些不知情者大吃一驚。她含淚宣布說，沉掉希克巴斯這些財寶之後，她也將去尋找盼望已久的死亡。但她又說，她可憐船上的那些水手，因爲他們一回到皮格馬利翁那裡，就必定會被那個貪婪殘暴的國王碎屍萬段。不過，倘若水手們願意和她一起逃走，她保證一定會照顧他們，並滿足他們的需求。水手們聽了她這番話，雖然都爲背井離鄉而悲哀，但覺得總比慘死好，因此都同意了去流亡。他們按照狄多娜的吩咐改變了航線，將船開往塞普勒斯。

到了塞普勒斯以後，狄多娜為了安慰那些年輕水手，也為了繁衍族人，便捉來了幾個姑娘，她們按照當地風俗，在海邊向愛神維納斯獻祭——這種獻祭當然也包括賣淫。狄多娜還讓一個萬神之父朱比特神廟的祭司及其全家人上船與她同行，因為那祭司事先曾得到狄多娜要來的警告，並預言說這次航行將帶來一些重大的事件。

狄多娜的船隊離開了克里特島和右側的西西里島，駛向了非洲。他們繞過了瑪爾斯里安海岸，最後進入了那個日後眾所周知的海灣。

她相信已經找到了能使船隊安全停泊的地方，便決定讓疲憊的船工們在這裡歇息。附近居民紛紛來看這些外國人，有的人還帶來了食物和商品。像通常那樣，他們開始與當地人交談並建立友誼。當地人願意讓這些新移民留下來，來自尤爾底卡城的幾位代表便勸他們在那裡定居。那裡的居民也是來自阿泰爾的移民。

狄多娜雖知哥哥正在準備對她

進行戰爭，但毫不畏懼。為了建立這個新定居點，她從沿岸的柏伯里亞國王伊阿爾巴斯那裡購買了一張牛皮便可覆蓋起來的一小塊土地。她這樣做，是為了避免得罪當地人，消除人們對她的疑慮，不使人們懷疑她未來在此在會有的圖謀。

她是位何等聰明的女子啊！不久後，按照狄多娜的命令，人們將牛皮割成了細條，細條連在一起之後，圈出的土地比賣主預想的當然要大得多。

狄多娜在這塊土地上發現了一個馬頭，便用它占卜，然後遵照占卜的預兆開始建造軍事城池。她為該城取名「迦太基」，並根據那張牛皮將該城的堡壘命名為巴薩。

她向公眾展示了自己藏匿下來的財寶，喚起了人們的希望和熱情。很快在那塊土地上便湧現出了城牆、廟宇、廣場和公共及私人建築，與此同時，她又為人們制定了法律和行為準則，迦太基城就這樣誕生了。

狄多娜的名字很快傳遍了非

洲，這既是由於她那座輝煌城池的迅速崛起，也是由於她的驚人美貌和非凡的才能與美德。這樣一來，伊阿爾巴斯國王便對狄多娜產生了淫慾，要求迦太基長者們同意他與狄多娜結婚，還說，若不將狄多娜嫁給他，他就要發動戰爭，摧毀這座成長中的城池。

迦太基長者們知道，這位寡婦女王保持貞潔的決心神聖無比，不可動搖。同時也知道，他們根本不是瑪爾斯塔尼國王的對手；若拒絕那個國王的要求，他們便會死於戰爭。狄多娜向這些長者提問時，他們不敢向她坦言那國王的目的，而是打算欺騙女王，使她自己作出符合他們希望的決定。

於是，長者們便告訴狄多娜：那國王打算在他們的指導下，使其野蠻臣民按照更文明的方式生活，因此用戰爭相威脅，請他們提供教師，但他們卻不知誰願當此重任，因為這意味著此人不得不背井離鄉，與一個野蠻的國王一起居住。

女王上當了，她輕信了這些長者的話，轉身對他們說：「高尚的公民們，這是多麼怠惰，多麼疏忽啊！難道你們不知道，我們就是為父輩和祖國而生的嗎？當情勢所需，一個人卻不願為維護公眾的幸福而犧牲私利甚至生命，我們還有理由將此人稱為真正的公民嗎？因此，欣然行動吧，我決定親自去冒一點危險，使那些野蠻人學會文明的生活方式，使祖國免除戰火。」聽了女王的這番話，那些長者覺得似乎已經達到了目的，便將那個國王真正想要的告訴了女王。狄多娜聽了才知道，她自己的那番表白，已使自己同意了這樁婚姻，不禁暗自叫苦。但她護衛自己貞潔的決心絲毫沒有改變。她突然想到了一計劃，似乎能與她的美德觀念相符。狄多娜說，倘若他們選一個日期，讓她去祭奠一下亡夫，她便去嫁給那個蠻族國王，長者們欣然同意了她的請求。

有人說特洛伊英雄亞尼斯曾來到迦太基，與狄多娜成婚後又離開了。現在看來，與狄多娜從未見過

面的亞尼斯到來之前，她便已決心寧死也不破壞自己的貞潔了。

狄多娜讓人在城中最高的地方堆起了一個大柴堆，人們以爲她這是爲了安慰亡夫希克巴斯的鬼魂。狄多娜身穿黑袍，作了各種拜祭，獻上了許多犧牲貢品，在眾人的矚目下登上了柴堆。完成了全部儀式之後，狄多娜拔出了藏在長袍下的短刀，呼喚著希克巴斯的名字，插進了自己貞潔的胸膛。她說：「我的百姓啊，爲了服從你們的願望，我要見我丈夫去了。」說完便向前倒了下去。她刺穿自己的心臟，灑下了純潔的鮮血。在場的人們悲痛萬分衝過去救她，但一切都來不及了。

示巴
——富貴向學的埃塞俄比亞女王

據我所知，尼考拉(Nicaula)在《聖經》中被稱爲「示巴」女王（Saebl），生於遙遠而野蠻的埃塞俄比亞。

據古史記載，埃及法老們的王朝終結時，身爲某王室後裔的尼考拉做了埃塞俄比亞和埃及的女王。有些史料說她是阿拉伯女王，她的王宮在尼羅河非常古老的莫羅島上。人們相信，她擁有無比巨大的財富。儘管尼考拉享有財富帶來的種種快樂，但我們卻讀到，她並未使自己沉溺於閒逸或奢華之中。相反，我們雖不知道誰是她的老師，卻知道她在自然科學方面的學識令人驚奇。《聖經》似乎也證實了這一點，而《聖經》權威性地表明了尼考拉確有其人。當她聽說同時代的所羅門王具有極大的智慧時，十分景仰。當時，所羅門王的聲譽已經傳遍了全世界。尼考拉不但全心讚美，而且離開了自己的著名王國，不遠萬里，長途跋涉從位於世界另一端的莫羅島動身去聖城耶路撒冷，專門去聆聽所羅門的教誨。

她穿過埃塞俄比亞、埃及、紅海沿岸以及阿拉伯的沙漠，終於來到了耶路撒冷。尼考拉女王的車隊華美壯觀，聲勢浩大，還有眾多皇家侍從隨行，使舉世首富的所羅門本人也驚嘆她華貴的威儀。

所羅門以最高的禮遇接待了尼考拉。她向所羅門提出了幾個難解之謎，並專注地聽他作講解，然後欣然承認所羅門的智慧遠遠超過了他享有的聲譽，超過了人類所能達到的最高水平。她認爲所羅門的無窮智慧是來自神的慷慨恩賜，不僅僅是自己刻苦研習的結果。接著，尼考拉向所羅門贈送了豐厚的禮物。據記載，在那些禮物中包括散發香味的小樹，所羅門後來將這些

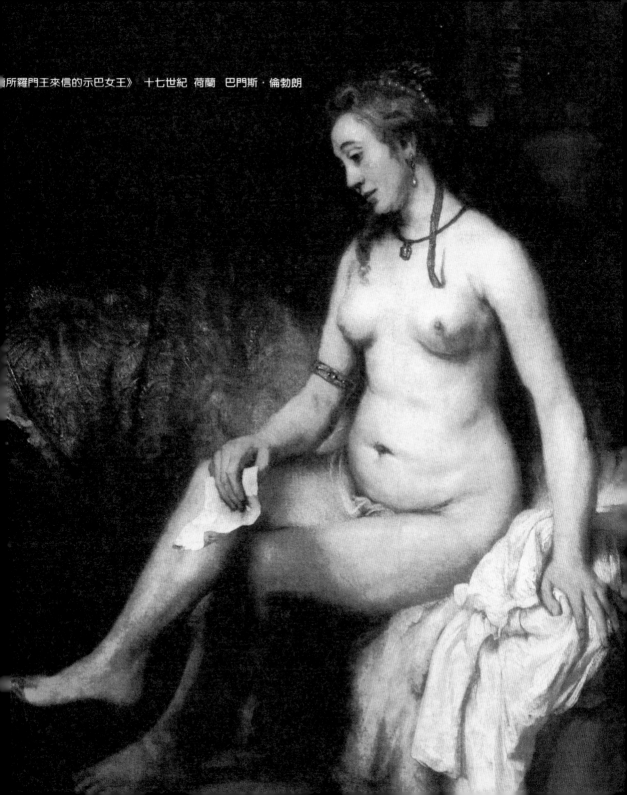

《所羅門王來信的示巴女王》 十七世紀 荷蘭 巴門斯・倫勃朗

樹種在了離阿斯法爾特湖不遠的地方。尼考拉也接受了所羅門回贈的

禮品，滿懷讚美之情返回了故鄉。

潘菲勒
——紡織術的發明者

潘菲勒(Panphyle)是位希臘女子。時光已使我們對她當時的情形一無所知。

她是紡織術的真正發明者，雖然她未曾獲得過高貴的名號，但她

《聖凱瑟琳》
十六世紀　義大利　米開朗基羅‧達‧卡拉瓦喬

曾造福給大眾，並留傳給後人，因而不該湮沒無聞而無人讚美。

正因為有了她的發明，才使很多事情現在做起來似乎輕而易舉。這充分證明不論是何等事物的發明者，憑藉其創造性的智慧做出了成績，都應該獲得與其才華和貢獻相應的榮譽。

據可信史料記載，潘菲勒是世上採摘原棉、用梳子清理其中的雜質、並將它放在紡紗桿上的第一人。後來，她向公眾展示如何紡線織布，使人們懂得了棉花的用途，學會了紡織。在此之前人們對紡織可以說是一無所知。紡織術的發明清晰地表明了潘菲勒在其他方面的才能，只是我們對此不了解而已。

西爾維亞
——被活埋的維斯太修女

《瑪爾斯與西爾維亞》
十七世紀　佛蘭德斯
彼德‧保羅‧魯本斯

在過去的年代裡，瑞亞‧西爾維亞的名字以其高貴血統在義大利聞名遐邇。她的祖先是阿爾班人的世襲國王塞爾維伊家族，也是特洛伊戰爭的光榮首領亞尼斯的後裔。她的父親是國王努米托耳。

西爾維亞還是小姑娘的時候，努米托耳的弟弟阿穆利亞受權欲驅使，破壞國法，以暴力搶奪了努米托耳的王位。出於兄弟之情，阿穆利亞沒有殘酷地對待哥哥努米托耳，只將他流放到鄉下居住。不過，為了消除潛在的王位爭奪者，阿穆利亞殺害了努米托耳的年輕兒子勞斯厄里斯，但放過了勞斯厄里斯年幼的妹妹西爾維亞。

阿穆利亞讓西爾維亞做了維斯太修女，命其到羅馬維斯太園形神廟，日夜看守神廟中的聖火，並強迫她發誓終身保持處女貞潔，終身不得嫁人，剝奪了她做妻子和生兒育女的權利。西爾維亞長大後，不

知怎麼受到了色欲的強大影響，私下與他人偷歡，竟至珠胎暗結。當肚子漸漸脹大起來，一下暴露了她的醜事。後來她生下了羅摩洛斯和瑞穆斯，這對孿生兄弟日後成了羅馬城的建立者。為了懲罰這椿罪孽，按當時的法律和御令規定：本人罪當活埋，其子女也當被遺棄。

就算西爾維亞出生王族，也難逃厄運。但是西爾維亞雖慘遭活埋，她兩個兒子的高貴功績卻使她的聲譽達到了頂點。他們的作為使後人對他們的母親千秋銘記。

卡伊亞
——王后紡織女

我雖然沒有找到有關她出身的詳細記載，僅聽說她是塔庫修斯·普里斯庫斯國王之妻，但我還是認為卡伊亞·希里拉(Caia Cirilla)是位羅馬女子或伊斯特亞女子。

卡伊亞智能出眾，雖然生活在王宮裡，她卻不在享樂中虛度光陰。她努力刻苦鑽研紡織技術，要知道，在當時的拉丁人中，那是一種女人獨具的極為榮耀的本領。她的紡織技術非常精湛，因而她的名聲一直流傳到了我們這個時代。

在她那個時代，這位傑出的女子得到了眾人的承認和擁戴。當時的羅馬人都讚揚她、熱愛她。在羅馬人尚未被亞細亞人的奢華所腐蝕的時候，有一條公共法令，規定每個第一次走到丈夫家中的新娘都要被問及名字，而她應當回答說自己叫「卡伊亞」，它彷彿預示著這些女子未來會保持節儉。這證明卡伊亞·希里拉在當時具有多麼大的影響。

這種優點可能被現代人看得不值一提，但我還是毫不懷疑的是：理智地考慮那個時代的淳樸之風，便會將這一點視為理應得到最高讚賞的傑出女子的榮譽。

《來自高盧的女人和羅馬貴婦》
十九世紀 英國（荷蘭） 勞倫斯·阿爾瑪-塔德瑪

薩福
——天才女詩人

薩福(Sapho)生於希臘愛琴海中最大的列斯波斯島上的米蒂利尼城。除此之外，我們沒有關於她族第、家庭、身世的任何資料。

薩福是著名的女詩人，提到她的詩才，我們便能將被時光毀掉的榮譽還原給薩福。薩福的父母想必很有地位，很有教養，因而才培養出如此才藝雙全的女兒。因為任何無知的人都不會想去寫詩，任何粗俗之輩其實也都不曾去寫詩。

我們不知道薩福生活的確切年代。不過，她極具才華，這使她在青春美貌的盛期並不僅以擅寫文章為滿足。更博大的精神和智能上的熱忱，促使薩福更勤奮地鑽研學問。她登上了陡峭的居於太陽神阿波羅和藝術女神繆斯的帕那索斯山頂。

在那裡，她歡樂而大膽地置身於迎接她的眾位繆斯之中。薩福在月桂樹間徜徉，到阿波羅居住的山洞露宿在繆斯神女神能給人詩才與靈感的卡斯塔裡山泉沐浴。

當聖潔的女神們翩翩起舞時，她便拿起萬神之父朱比特送給阿波羅的弦撥，撥動豎琴，奏出優美旋律為她們伴奏。這是技藝高超的男子也不具備的本領。

薩福的精湛詩藝，使她的詩歌不僅在古代文獻中飽享聲譽，而且在我們這個時代更為著名。人們為她鑄造了一尊銅像，將她列入了著名詩人之中。無論是國王的王冠、教皇的法冠，還是征服者的桂冠，都無法勝過這樣的榮耀。

但是，倘若傳說屬實，薩福雖然在詩藝上是幸運的，但在愛情上卻是不幸的。她迷戀上了一個年輕男子。可那男子並未對薩福的愛情有所回應。據說，薩福為他的拒絕而悲嘆，寫出了哀婉悲涼的詩歌。

薩福未曾批評過前人的詩歌形式，但創造了一種新型的詩體。這些詩歌是輓歌式的對句，它與薩福要表達的主題非常契合。她的新型詩歌具有與前人截然不同的格律節奏，現在依然按照她的名字，被稱爲「薩福體」。但這又有何用呢?繆斯女神似乎應受責備，因爲音樂大師阿里翁演奏豎琴時，她們能使庫古癸亞島上的石頭爲之感動；但當薩福歌唱時，她們卻不願去感化那個年輕男子的心。

《薩福》 十九世紀 瑞士 查爾斯·格萊爾

魯克西婭
——以死雪恥的高尚女子

魯克西婭(Lucretia)是羅馬貞淑女子的典範，並享有古代節儉的美譽。她的父親是羅馬的名人，名叫斯普瑞圖·盧克萊修·忒西匹提。

她的丈夫名叫塔昆斯塔斯·科拉廷納斯，是已故羅馬皇帝塔昆斯塔斯·普里斯庫斯的兄弟埃傑里烏斯之子。

在羅馬的已婚女子當中，魯克西婭究竟是因其美貌而聞名於世，還是因其正直行為而受人尊崇，這個問題尚在爭論之中。

當羅馬暴君塔昆斯塔斯·修珀耳布斯圍攻阿迪亞城時，魯克西婭到丈夫在科拉提亞的家中躲避。科拉提亞是個小鎮，離羅馬不遠。一天晚上，一群年輕的貴族男子在科拉廷納斯家中共進晚餐。他們大概是因為喝了太多的酒而情緒激動，開始爭論起了各自的妻子。每個人都說自己的妻子強於其他人的妻子。最後，他們決定騎上快馬，回到在羅馬的家中，看看那些感到意外的妻子們在丈夫們外出作戰時，夜晚在做些什麼。這樣，他們便可以親眼看到誰的妻子最值得稱讚。當這些年輕男人發現自己的妻子們都與年齡相仿的女伴在一起時，便調轉馬頭，返回了科拉提亞鎮科拉廷納斯家中。他們看到，魯克西婭正身穿著樸素衣服，與侍女們一起紡線。由此，一致都認為她比其他人的妻子都更值得讚揚。這個結論得出後，科拉廷納斯便繼續在自己家中殷勤款待這些年輕貴族。在他們宴飲作樂時，暴君修珀耳布斯的兒子塞昆斯塔斯面對美麗賢淑的魯克西婭慾火中燒，暗自決定：若不能以其他方式享受迷人的魯克西婭，便以暴力去佔有她。

沒過幾日，塞昆斯塔斯受瘋狂

的愛慾驅使，偷偷離開了營帳，連
夜趕到了科拉提亞。因他是丈夫的
親戚，魯克西婭的僕人沒有阻攔
他。塞昆斯塔斯見屋中一片寂靜，
以為內侍都已睡，便拔出短劍，闖
進了魯克西婭的臥房。

　　他先讓魯克西婭認出了自己，
然後威脅說，她若喊叫或不從就殺
死她。他見魯克西婭堅決抗拒並不
畏懼死亡，便想出了一個惡毒的詭
計，說他要殺死魯克西婭和她的一
名男僕，然後告訴每個人，是因為
他們通姦才將他們殺死的。魯克西
婭聽了這番話，渾身戰慄，欲動不
能，想到要蒙受如此污穢的惡名，
更是萬分恐懼。她想自己若如此死
去，世上便沒有一個人能為她洗清
名聲，便違心地將自己的身體交給
了姦淫者。

　　滿足了邪惡的慾望後，塞昆斯
塔斯走了。黎明時，魯克西婭對自
己的不幸遭遇感到萬分悲傷，立即
派人去請父親忒西匹提和親戚布魯
圖斯，以及丈夫和其他家族成員。

　　眾人到來後，魯克西婭悲痛地

《魯克西婭》
十八世紀　義大利
喬凡尼・巴蒂斯塔・提埃坡羅

哭訴了塞昆斯塔斯深夜所做的一
切。然後抽出了藏在長袍下的短
刀，說道：「雖然我在這椿罪孽中
是無辜的，但我並不想讓自己免受
懲處。我這樣做將來便不會有任何
女子因有了我的先例而在世上偷
生。」她剛一說完，便將短刀插進
了自己清白的胸膛，撲倒在地，在
丈夫和父親的眼前奄奄一息。眾人
搶救不及，魯克西婭的靈魂與她的
鮮血一起湧出了她的身體。

　　魯克西婭的美麗給她帶來了不

幸。對她的聖潔之舉無論怎樣盛讚
都不爲過。正是由於她用如此嚴重
苛刻的方式洗刷了暴力強加給她的
恥辱，更應得到推崇讚美。她的行
爲不但恢復了她的名譽，而且引起

全體羅馬人的震怒，他們推翻了塔
昆斯塔斯王朝，放逐了罪惡的塞昆
斯塔斯，建立了共和國，迎來了羅
馬的自由解放。

塔米瑞斯
——爲子復仇的庇提亞女王

塔米瑞斯（Tamiris)是庇提亞
女王。對她的父母及丈夫，
我們一無所知。庇提亞人居住在吉
凡尼安山及亥珀波里安山附近寒冷
荒涼的地區，除了他們自己，很少
有人知道他們。但是在波斯帝國皇
帝居魯士大帝已經吞併了許多亞洲
王國的時期，塔米瑞斯依然統治著
一個不可征服的野性民族。

她的令人尊敬不僅表現在這上
面，後來發生的事件，使塔米瑞斯
更加有名。爲了增加自己的榮耀，

居魯士開始入侵庇提亞國土。居魯
士的侵略不是爲了擴大帝國版圖，
因爲他已聽說庇提亞人貧窮而野
蠻，是當時連最強大的國王們都未
曾征服過的民族。這種沽名釣譽的
征服之心，終於驅使居魯士率領大
軍去攻打那位寡婦女王。

當時整個亞洲乃至世界都懼怕
居魯士的軍力，塔米瑞斯得知居魯
士的軍隊來犯，卻沒有像某些膽小
的女子那樣去尋找藏身之地，也沒
有通過使節調停與居魯士締結城下

之盟。相反,她集合軍隊,親任統帥,勇敢地投入了戰爭。

她先讓居魯士軍隊渡過阿拉克斯河,進入了她的國家。這位聰明的女王認為:要擊潰居魯士的軍隊,在自己的國境之內遠比在國境之外更有把握。

塔米瑞斯得知居魯士的軍隊已深入王國腹他,便將三分之一的軍隊交給她年輕的獨生兒子指揮,命他去迎擊敵軍。居魯士聽說那個年輕人率軍來戰,便權衡了地勢及交戰對手的習俗,決定以計取勝。他佯裝逃跑,在軍營中留下了全部的紅酒(庇提亞人當時還不知紅酒為何物)、美食和其他奢侈品。

塔米瑞斯年輕的兒子進入了被敵人放棄的營地,自以為不戰而勝征服了對手,不用再作戰,而是來赴宴。他們個個狂飲暴食那些陌生的美酒美食,很快便入睡了。正當他們酣睡之時,居魯士率軍殺了回

《尤哥蒂》　十七世紀　義大利　卡拉瓦喬

來。在殺死了那個年輕人及其全部將士之後，居魯士的大軍進一步深入了庇提亞人的國土。

聽到兒子和軍隊兵將被殺戮的消息，塔米瑞斯悲痛萬分。但她並未像尋常女子那樣失聲痛哭。她滿腔憤怒地率領所剩軍隊與敵人周旋，爲兒子復仇。塔米瑞斯利用熟悉的地形假裝逃跑，她牽著驕橫而緊追不捨的敵軍沿著岔路，進入了荒涼寒冷的山區，將敵軍圍困在那裡。接著，在崎嶇不平的山溝裡，她回師打擊死敵。她斷絕了敵軍的補給，使之全軍覆沒。居魯士本人也未能逃脫，他的喋血身亡平息了這位寡婦的怒火。狂怒之下，塔米瑞斯搜尋到了居魯士的屍首。砍下了居魯士的頭，裝入一個皮囊中，囊裡裝滿了庇提亞人的血，然後，彷彿是在爲那個傲慢的國王舉行葬禮，說道：「你去喝飽這些鮮血吧，你一直渴望喝到它們。」

萊列娜
——不出賣朋友的青樓義女

萊列娜（Leena）是個希臘女子。即使不能說她是貞節烈女，但至少可以說她是位名女。

我們推崇美德，不能僅僅宣揚在地位高貴者身上發現的優點，還要使人們發現在從事可恥行業者身上潛在的長處。任何地方的美德都彌足珍視，不會因與罪孽接觸而被玷污，猶如太陽的光輝不會因照到污泥上而稍減。

所以說，妓女在人們的心目中並非總是遭到唾罵。相反，倘若她們以某些符合美德的行爲被人們記住，也應獲得更眞誠更廣泛的讚美。

在這些女子身上發現的美德，

會使那些淫蕩的女王感到羞恥；而女王犯下的罪孽，則開脫了妓女們的放蕩。我們將萊列娜納入名女之列，是想要表明：高尚靈魂並不總是與高貴名號相連，美德也絕不嘲弄任何渴望它的人。因此，萊列娜的勇敢行為理應得到頌揚。

萊列娜從事的賣淫業極為可憎，令人不齒，因而她的家世不為人知。

阿米塔斯在邁錫尼做國王時，貴族青年哈摩紐斯和阿里斯頓為了使國家擺脫奴役，密謀殺死了暴君西帕袞斯。因為萊列娜與那兩名貴族青年關係密切，被懷疑參與了謀殺計劃，被暴君的繼承人逮捕了。

為了使萊列娜說出參與密謀者的姓名，他們對她進行了嚴刑的刑訊。但這位女子卻看重友誼，不願以危害他人而拯救自己。她不回答任何問題，表現出令人驚嘆的堅貞。刑訊不斷加重，隨著體力漸漸不支，她擔心自己的決心變弱動搖。便決定讓自己說話的能力隨著氣力一同消失。她狠狠地咬下了自

《航路的觀望》
十九世紀　英國（荷蘭）
勞倫斯‧阿爾瑪-塔德瑪

己的舌頭，將它嚼碎後吐出。憑藉這個最高尚的舉動，讓拷問者們失去了要她開口的一切希望。

亞他利雅
——耶路撒冷的獨裁女王

亞他利雅（Atalia）的殘忍，使她在敘利亞人和埃及人中惡名遠揚，即使她頭上戴滿高貴的王冠與花環，她身上沾滿的家族成員的血跡也使其遺臭萬年。亞他利雅是以色列王亞哈與王后以洗別的女兒。她的丈夫名叫約蘭，是猶太國王耶和沙法特的兒子，他們都屬於大衛家族。

耶和沙法特及其長子死後，亞他利雅的丈夫約蘭意外地做了猶太國王，亞他利雅便成了王后。她的弟弟也叫約蘭，其父亞哈去世後，成了以色列國王。後來，亞他利雅的丈夫也死了。兒子亞哈謝繼承王位，成了耶路撒冷又一國王。這樣稀有的顯赫的家族，使這位女子處處閃耀著榮耀的光芒。

兒子亞哈謝死於箭傷後，生性殘忍的亞他利雅心中便燃起了統治欲的烈焰。她拋開了女性的一切溫情，不為喪子而悲哀，製造了一個狠毒的計畫，趁兒子的血跡未乾，拔劍剿滅了大衛的所有後人。她瘋狂地懲罰他們，殺死了所有的王子。唯有國王亞哈謝的小兒子約阿施倖免於難，瞞著大家偷出了王宮。其實，幫助約阿施逃跑的人，正是亞他利雅的女兒、已故國王亞哈謝的妹妹。她將約阿施送到自己丈夫——大祭司耶和耶大的家中，平安地將約阿施撫養長大。亞他利雅毫不憐憫，無情地殺戮了大衛家族幾乎所有的人，坐上國王的寶座，終於開始了她的統治。

暴君阿特柔斯、狄奧尼修和猶古薩這些性情乖戾的人，都曾出於權欲的衝動，依靠屠殺親族而掌握了王權。聽到這些以後，我們就不會對亞他利雅的所作所為感到驚訝了。一個女人剿滅了全部王族，連自己的家人都不放過，都是為了達

到同樣的目的。

　　如此，亞他利雅便登上了熠熠閃光的女王寶座──但是，濺在她身上的鮮血，遠比她的女王身分更引人注目。爲了實現罪惡目的，她毫不憐憫地殺盡了大衛王的無辜後裔，虐殺了她自己的親族。只要她願意，她便很容易看到她的兄弟──以色列王約蘭躺在拿波思的荒野裡，身上上千處傷口湧出的鮮血，被野狗舔噬；她的母親身穿王室服裝，從一座高塔上被推下去，屍身被路過者踐踏，被馬蹄踏爲肉泥，被車輪碾作泥土；在撒瑪利亞附近，她的七十個兄弟在一個小時內被統統殺死，其頭顱被穿在尖椿上。她也可能看到那些被殺戮的她的其他親戚，沒有任何人能逃過她的利劍。犯下如此血腥罪行的亞他利雅，當然不會一直不受懲罰。她在位七年之後，便被暴力趕下了女王寶座，其孫約阿施依靠大祭司耶和耶大的幫助，做了國王。在百姓們一片叫罵聲中，亞他利雅被奴隸和暴民們羞辱地拖向了繆爾門。她

《耶路撒冷的寵姬》 十九世紀 匈牙利 伊森哈特

的喊叫和威脅毫不奏效。她在那裡被殺，得到了應有的懲處。這個邪惡女人踏著她迫使無辜犧牲者走的同一條路，走入了另一個世界。

　　神聖的正義畢竟得到了伸張。儘管來得很慢，卻並未忘記更嚴厲地懲罰那些不肯改邪歸正的人。如果我們無視這個真理，不相信它，不以行動改進自己，便會使自己陷入更大的罪孽。當我們最不希望罪孽降臨時，我們可能已被其吞沒了。到那時再爲我們的過錯而痛苦哭泣，已於事無補了。

克萊麗婭
——勇敢機智的羅馬少女

由於古人不曾保留，或時間過遠，有關著名的羅馬少女克萊麗婭（Cloelia）父母的情況，已經蕩然無存。但我們有把握認為，她出身於一個顯赫的家族，她的事蹟證實了這個推斷。

那功績就是：在與羅馬暴君塔昆斯塔斯的戰爭中，她曾與其他優秀的羅馬人一道，被交給伊特魯里亞國王珀森納作維持和平的人質。

為了充分地介紹克萊麗婭的英勇事蹟，得先從一場戰爭說起。

羅馬暴君塔昆斯塔斯·修珀耳布斯被放逐之後，他曾密謀回到羅馬，此後便爆發了戰爭。按照塔昆斯塔斯的要求，奇尤西國王珀森納參與了那場爭鬥。但是，珀森納的伊特魯里亞人軍隊在渡台伯河時，遭到了赫拉底烏斯的部隊在薩博里西安大橋上的頑強阻擊。珀森納被穆西烏斯·斯卡埃沃拉的英勇無畏和足智多謀嚇得膽戰心驚，只得與羅馬人談判。他得到了一些人質作為和平的保證，克萊麗婭就是一群

《酒神節的儀式》
十九世紀 德國
路德維格·瑟辛

年輕的女人質中的一個。作爲人質
在外邦國王的嚴密控制下，克萊麗
婭用男人般的大膽武裝了自己的少
女之心。一天夜裡，她避開了衛
兵，帶領許多女人質來到了台伯河
畔，她騎上了一匹正在附近吃草的
馬——那大概是她平生頭一次騎馬
渡河。河水很深，漩渦密布，但她
毫不畏懼，帶領其他女子平安地到
了對岸，將她們還給了各自的家
庭。

　　次日上午，珀森納國王對此大
爲震怒。在羅馬元老院的會議上，
元老們發布了一條命令，要這位逃
跑人質的首領回到國王那裡去，否
則以戰爭相加。

克萊麗婭只好又回到關押她的
地方。沒想到珀森納驚異於這位年
輕女子的勇氣，並十分欣賞她的大
膽，不僅同意她返回自己的國家，
還允許她隨意挑選其他幾名人質一
同回去。克萊麗婭挑選人質中所有
的年輕男孩，回到了羅馬。這個選
擇體現了她的美德，使羅馬人甚爲
感動，因爲她帶回的那些人，正是
易受到傷害的年齡。

　　從此，克萊麗婭獲得了不同尋
常的榮譽。羅馬人塑造了一座她的
騎馬雕像，放在了神聖大道的最高
處，並被完整地保留了很長時期。

希底波
——死不受辱的希臘美女

從古書中可以清楚地知道希底波（Hyppo）是位希臘女子。任何人的成功都是逐步實現的，誰也不能突然間獲得巨大成功，憑一個壯舉便一舉成名。時光流失使我們對希底波的家族、國家和其他事績一無所知，我想理應講述流傳至今的關於她的故事，否則它便會消失，而希底波也會失去她應得的榮譽。

史料告訴我們，在一次戰爭中希底波被敵方水手捕獲。她容貌很美，海盜們準備強姦她。當得知除了死亡沒有其他辦法保護貞潔時，希底波便一頭跳進了大海，避免了受辱。她葬身波濤，以一死拯救了自己的名譽。誰會不讚揚這位女子的堅定果斷呢？希底波犧牲了本可以延長數年甚至數十年的年輕生命，贖回了自己的貞潔，以過早的死換得了永恆的光榮。風暴肆虐的大海隱藏不住她這個符合美德舉動，岸邊的沙灘也無法阻擋她青史留名。

希底波投海後，她的身體在水中被海浪拋來拋去，後來被捲上了埃瑞希厄海岸。當地人按照海上遇難者的埋葬儀式掩埋了她。後來，埃瑞希厄人從希底波的敵人那裡知道了她的身分和死因，便在海岸邊埋葬她的地方修建了一座巨大的墳墓，以表示對她的尊敬。那座墳墓存在了很長的時間，是希底波所維護貞潔的紀念。它告訴我們，厄運的陰影終究不能遮蔽美德的光芒。

摩古麗婭
——富有的貴族新娘

根據古羅馬人的記載，摩古麗婭（Megulia）是位羅馬貴族女子。她又被稱爲多塔洛塔（Dotata，有嫁妝的姑娘）。在那個原始而又神聖的時代，摩古麗婭很有名氣。那時，她的同胞尚未擺脫貧窮的困擾，有錢的貴族都是靠冒險尋來東方的寶物和財富。

我認爲，摩古麗婭之所以獲得了「多塔洛塔」之名，主要是因爲她的先輩非常富有，而不是因爲她本人有何長處。當時，能給丈夫帶去一筆高達五十萬銀幣的嫁妝，是件了不起的令人驚羨讚嘆的事情，因此「多塔洛塔」這個名字便被賦予了這位貴族女子。這個名號延續了很長時期，乃至只要在姑娘的嫁妝中增添一點點，那姑娘就會被人們稱作摩古麗婭・多塔洛塔。美麗的質樸啊！堪稱嘉許的貧窮啊！你們使當時的人認爲那個數目很不尋

《羅馬貴婦與掛毯商人》
十九世紀　義大利　佛提

常，而在我們現代的人的眼中，它卻顯得很可笑。我們現在的很多事情都已超過了恰當限度而走到了極端。

現在，你幾乎找不到一位工匠、木匠、小販或農夫，願意娶位嫁妝如此之少的女子。但也不足爲怪，現在即是使極平凡的女子，也會認爲自己應當擁有女王那樣多的金幣、金胸針、手鐲和其他飾物，並自豪地佩帶它們。

維瑞婭

——不辱使命的羅馬婦女

維瑞婭（Veturia）是一位年邁的羅馬貴族婦女，她的一個值得稱頌的行爲使其晚年永遠值得人們紀念。

她的兒子名叫卡洛斯·馬歇斯，十分勇敢，思維敏捷，行動果斷。在羅馬人圍攻沃爾錫人的科利奧里城時，他英勇過人，奪取了該城。人們就以這個城市的名字爲稱號，稱他爲「科利奧蘭納斯」。此後，這位青年便在貴族中得到了巨大的支持，乃至沒有什麼事情他不敢做，也沒有什麼話他不敢說。

一次，羅馬遇到了饑荒，元老院下令將大量糧食從西西里島送到羅馬。科利奧蘭納斯堅決主張：平民若不恢復並承認貴族們的特權，便不將糧食分給他們。對此，平民雖然在挨餓，心中卻充滿了敵意。他們提出的條件是讓貧民從聖山返回羅馬。護民官出於安全考慮，決定選定一個日期來討論這個問題。

科利奧蘭納斯對這個決定十分惱怒，拒不出席討論，因此被判處放逐。他逃到了羅馬的敵人沃爾錫人那裡。因爲勇敢是被普遍尊重的美德，科利奧蘭納斯受到了他們熱情而有禮貌的接待，他與阿蒂烏斯·圖里洛斯接成聯盟，圖裡厄斯手下的沃爾錫人便再次開始了反對羅馬人的戰爭。科利奧蘭納斯被推爲統帥，率領軍隊，來到了離羅馬城四里之外的克魯利安護塹壕前。他在此地消滅了大量羅馬軍隊，羅馬人不得不派使者來見這位被他們流放的敵酋，請求公平議和。

科利奧蘭納斯斥責了使者，然後把他們趕了回去。羅馬的求和使者第二次來到科利奧蘭納斯的駐地時，他竟粗暴地拒絕接見。羅馬人不得不第三次派出了有身分的祭司和有地位的官員爲使者來求和，結

果仍然兩手空空，失望而歸。

　　羅馬人心中充滿了絕望，一群身穿紗衣的婦女來到了科利奧蘭納斯的母親維瑞婭和他妻子伏倫尼婭的屋中，含淚乞求這位年邁的母親帶著科利奧蘭納斯的妻子到敵營去安撫她的兒子，因為羅馬男人似乎已無法用武力保衛羅馬了，只好派出老婦人為使者。於是，大群婦女便將伏倫尼婭和維瑞婭送到了敵營中。

　　科利奧蘭納斯聽說母親來了，儘管心中還是感到很沮喪。他從椅子上站了起來，充滿憤怒，走出營帳，去迎接母親。在維瑞婭兩旁，一邊是科利奧蘭納斯的妻子，一邊是他的幾個孩子。維瑞婭一見到反叛的兒子便怒火中燒，忘記了她是作為求和使者離開羅馬的，此刻雖置身敵營，卻不斷地斥罵兒子。力量在她柔弱的胸中已被喚起，她對科利奧蘭納斯說道：「站在你那裡別動，你這惹事生非的年輕人！找到了這個營地在擁抱你以前，我想知道你是將我當作母親，還是將我

《羅馬人的攻城機》
十九世紀 英國 愛德華・帕寧特爵士

當作敵方的囚徒。我想，你是在將我當作後者，作為囚徒來對待的。啊，我是個多麼不幸的女人！人人都渴望長壽，但我的長壽，我依然活著，是要使我落到這個地步，目睹你被判處放逐、成為共和國的公敵嗎？我問你：你和敵人一樣全副武裝來到這裡，是否知道自己站在什麼土地上？你還認識你眼前的這片鄉土嗎？我想你當然認識。不過，萬一你不認識它，我可以告訴你：這就是孕育你的那片土地，你生在這裡，我就是在這裡將你撫養成人的。」

　　「你居然帶著武器，像敵人那樣反對自己的國家，侵犯養育自己的故土，殘害自己的同胞，你的精

神、頭腦和感情究竟是怎麼了？對你母親的尊重，對你美麗妻子的愛情，對你孩子們的關心，對你祖國的崇敬，在你率領敵人的軍隊進入自己的國家時，這些感情就沒有了嗎？我們說的這一切難道就沒有打動你那顆滿懷怨憤的心嗎？無論因為什麼產生的心中怒火，不論有什麼理由，難道它們不能撲滅嗎？當你一見到這些城牆之時，你是否想到：『這裡有我的家，這裡有我的家居神，這裡有我的妻子兒女，這裡還有我的母親，我的行為使她蒙受了苦難和不幸？』」

「元老們來找你，祭司們也來找你，多次派使者向你求和，但是，他們卻不能打動你的鐵石心腸，不能使你按照他們的乞求去做你本該自願去做的事。我雖是不幸的婦人，但我依然很清楚一點，那就是我的兒子已經遭到了國人的詛咒，因為他將罪惡地矛頭指向了我的國家和我自己。我原以為自己生下的兒子是個共和國公民，但現在終於知道了，我生了一個危險的死敵。」

「說實話，當初我若沒有生下你就好了！我若沒有你這個兒子，我們的國家羅馬就不會受到圍攻。而我，一個可憐的老婦，就能心安理得地老死在一個自由的國家裡。可是現在，我卻因為你遭遇到了這般惡劣的事情，我真為你感到羞恥。這種不幸的生活，我再也不願忍受下去了。我死不足惜，是我應得的報應，可是你的這些兒子，你也十分清楚：你若頑固不化，固執下去堅不回頭，等待他們的不是早死，就是永遠的奴役。」

說完這番話，維瑞婭已是淚流滿面了。科利奧蘭納斯的妻子兒女也開始苦苦懇求。人們互相擁抱，前來求和的婦女們哭作一團。她們用各自從內心深處湧出的感人話語、抱怨和祈禱，完成了威嚴的使者和令人尊敬的祭司未能完成的使命。出於對母親的尊重，面對如此場面，這位殘忍將領的怒氣消失了，他不忍心再傷害他們，並把自己的親人置於死地，他決心改變自

己的目的。科利奧蘭納斯擁抱了自己的家人，放他們回去以後，便率軍撤離了羅馬。

　　元老院對於這位母親的巨大功德和仗義勇爲的救國行爲十分感念，沒有因爲她兒子的忘恩負義而使她的英名失色，他們頒令建造了一座廟宇，以永遠紀念維瑞婭的功德，地點就在她平息了兒子怒火的那個地方。在名人泉邊，羅馬人用磚砌起了一個祭壇。直到現在，這座廟宇仍屹立在該地，整體依然完好無損。

　　在那之前，女子極少或者說根本沒有女人獲得過男人的如此尊重。元老院頒令說：「從今以後凡遇到女人經過時，男人應當止步讓路。」至今仍可以見到這個古老的做法。此外還允許女人佩戴東方女子的古老飾物耳環，穿華貴的紫色服裝，戴金質胸針和手鐲，把自己打扮得漂亮華貴。一些權威還認爲，元老院的這項法令還允許女子接受任何人贈與的遺產，此前她們並無這項特權。

塔瑪麗斯
——天才的女畫家

塔瑪麗斯(Thamaris)在她那個時代是一位著名的女畫家。由於她生活的時代離我們太久遠了，現在保存她的作品已經不多，但她傑出的聲譽和精美的繪畫技巧是時光永遠不能抹掉的。

據記載，她是藝術家米隆之女，生活在第九屆奧林匹克運動會時期。(大約在公元前七四六年左右)我們知道，在當時的雅典，同時有兩位著名藝術家都叫米隆，他們都有非凡的成就，但我們卻不知道其中哪一位是她的父親，只知道塔瑪麗斯是其中年輕的米隆之女。

無論父母是誰，塔瑪麗斯自小就對女孩子的所作所為不感興趣，她具有出色的天賦，從事父親的繪畫技藝。阿拉俄斯做馬其頓國王時，她繪畫聲譽傳到了遠方。當時人們極為崇拜月亮女神黛安娜，所有人都渴望保留塔瑪麗斯所畫的黛

《宙克西斯挑選海倫的模特兒》
十九世紀 法國 維克托‧莫特茲

安娜女神的精緻肖像。塔瑪麗斯繪制的黛安娜肖像存在了很長時間，令人信服地證明了塔瑪麗斯的繪畫才能，使人們一直銘記至今。

阿爾米西亞
——卡里亞女王

卡里亞女王阿爾米西亞(Arthemisia)是位享有盛譽的女子。她是卡里亞的強大國王摩索拉斯的妻子。丈夫生前,阿爾米西亞非常愛他;丈夫死後,她也對丈夫終生不忘。在後人眼中,她是貞節寡婦和最純潔、最罕見愛情的永恆典範。

她曾爲丈夫建造了數座奇蹟般的紀念碑,它們曾長期存留於世。摩索拉斯國王在世與阿爾米西亞相親相愛,夫婦感情非常好。

愛夫去世後,阿爾米西亞對丈夫的骨灰選擇了一種罕見的特殊保留方式。丈夫的遺體被火化之後,骨灰被仔細地收集起來,但阿爾米西亞卻不允許將這些骨灰裝入金甕保存。她認爲,要裝被她摯愛的夫君的骨灰,最佳的容器就是她自己的心胸,因爲其中燃燒著她對丈夫長久愛情的火焰。摩索拉斯去世,

這火焰將燃燒得更加明亮了。因此,爲了給夫君留在塵世的骨灰安放在一個最佳安息之所,阿特米西亞將所收集的亡夫骨灰都溶入一杯酒中,慢慢飲了下去。此後,她在自己的餘生中一直不斷地悼念亡夫,最後懷著即將與亡夫團聚的信念,幸福地死去。

在女王生前的寡居日子,她爲自己的丈夫完成了一次堪稱偉大的業績,爲故去的名人豎立壯觀的墓碑。這是一種古風。爲了給摩索拉斯建造墓碑,使之能完全表達對亡夫的愛情,阿爾米西亞根本不計耗資,計劃建造一座令人驚異的宏偉壯觀的紀念碑。

爲達此目的,她不滿足於一般藝術家的設計,也不滿足於本國藝術家的設計,而聚集了一些當時堪稱世界上最偉大的藝術家,讓他們提出建議,施展才能,爲摩索拉斯

《月神的阿塔拉斯狩獵隊》
法國十九世紀 列茹

設計了一座宏偉壯觀舉世無雙的陵墓，並全部用大理石建造。如此一來，姑且不論它其它方面的存在意義，這座非凡建築的本身也將使她愛夫的名字永世長存。

這座墓碑之美及其高昂的造價，超過了地球上其他任何一座建築，並作為世界七大奇蹟之一而被長久銘記。因此，我在這裡提到它，想必不算離題。這座墓碑將使那些藝術家的名字永遠留在後人的記憶裡，將使這位高貴女子令人讚嘆的精心而又慷慨的建樹放射出更燦爛的光輝。

阿爾米西亞女王把丈夫的陵寢選在了卡里亞王國國都哈里卡納蘇附近。建築師們依照這位女王的要求，為這座矩形的陵墓打下了地基。陵墓規模宏大，雕刻精美，陵墓下方向南和向北的兩面各長六十英尺，另外兩面稍短。陵墓高達一百三十五英尺，底邊環繞著三十六根大理石柱。陵墓四周布滿了美侖美奐的雕刻，朝東的部分由斯科帕斯雕刻，朝北的部分由布里亞克西斯雕刻，朝西的部分由里奧查雷斯完成，而朝南的部分則留給了提摩忒俄斯。每位藝術家都使出真正本領，竭盡全力表現自己的高超技巧，並力圖超過他人。不管是雕鑿石像、或其他相應的裝飾紋樣，他們都淋漓盡致地表現了各自的才能，把雕刻的內容活生生地展現在人們面前，乃致使觀者有時竟以為大理石雕像上是一副活人的面孔。這座陵墓的雕刻，大幅度的提高了這些大師的聲譽，以至不僅在當時，即便在許多個世紀之後，這些藝術家的精湛技藝與他們的崇高聲譽和這座無與倫比的陵墓一樣，受到世人景仰。

阿爾米西亞生前未能看到她這個著名構想的竣工，但藝術家們卻並未因她的去世而放棄這項工程。

他們決心更佳的完成已開始的工作，因為他們將那座墓碑視為向後人展示自己天才的良機，是自己精湛技藝最確鑿證明。這座建築物歷經數年修建，不知耗費了多少資財和多少藝術家的心血以及不知多少建築工人的辛勤勞動終於竣工了。揭幕後，按照摩索拉斯國王的名字，被命名為「摩索拉斯陵墓」。

從此以後，凡是已故國王的陵墓都沿襲此例，被稱為摩索拉斯陵，而這座陵墓則是其中的最佳典範。

我們從古史中讀到：丈夫死後，她至少曾兩次不得不暫時放下自己的悲痛，拿起武器投入戰鬥。

第一次是為了國家的安全，第二次則是應盟友之邀，履行對盟友的忠實義務。第一次戰鬥的情形大致是這樣的：摩索拉斯國王剛去世時，附近的羅德斯島人對卡里亞王國由女人執政感到惱怒。他們派遣一支艦隊，滿載士兵，包圍了卡里亞，大有攻佔全境之勢。

入侵的羅德斯島敵軍進入靠外的港口之後，阿爾米西亞便命令百姓武裝起來，讓他們集中到哈里卡納蘇城的城牆上，向羅德斯人歡呼，沒有她的信號不能停止，使敵人以為他們打算投降，把他們引入城內，最好引到城中的集市上去。愚蠢的羅德斯島人中計了，他們棄船登陸，衝向城內。

這時，阿爾米西亞以不為敵軍察覺的方式，突然率船開出了第一個的港口，來到了廣闊的海面上，按照約定的信號，她知道羅德斯島人已被哈里卡納蘇的百姓引進了城，像征服者那樣，跑向城中的廣場。於是，她用自己的船隻，依靠水手們的巨大努力，奪取了被羅德斯島人放棄的船隊。接著她大喊一聲，命令百姓從各處向敵人發起進攻。她自己也率隊從海上衝上陸地，羅德斯島人無路可逃，被哈里卡納蘇城百姓和阿爾米西亞率領的軍隊殺得乾乾淨淨。

此後，阿爾米西亞乘著象徵勝利的敵軍的船，船上滿載著月桂樹葉，開向了羅德斯島。羅德斯島人

從監視哨看見那些船上都是象徵勝利的月桂樹葉，以為自己的士兵獲得了勝利凱旋，便打開港口和城門，將女王率領的卡里亞軍隊放了進來。經過一連串戰鬥，阿爾米西亞出乎意料地奪取了這座城，並下令殺死了羅德斯人的君王及貴族。佔領該城後，她在羅德斯人的廣場上豎起一座紀念碑，作為此次勝利的標誌。她還在廣場上放了兩尊銅像，一尊表現阿爾米西亞的勝利，另一尊表現攻佔羅德斯島的過程，上面刻著令羅德斯人感到恥辱的標記，象徵阿爾米西亞擊潰了入侵的羅德斯人並最後使之臣服。她迫使羅德斯人向卡里亞王國進貢，然後班師回國。

阿爾米西亞第二次率領武裝艦隊投入戰爭，是應強大的波斯國王西爾士之請與其共同進攻斯巴達人。卡里亞王國和波斯王國本是盟友，為了他們的共同利益，阿爾米西亞率軍參加了戰鬥。在她的協助下，西爾士的步兵團佔據了斯巴達，其艦隊也已佔領了海岸。在這種情況下，西爾士更想趁勝佔領並吞並整個希臘。但是，在薩拉米斯島海戰中波斯艦隊突然遭遇了希臘艦隊的頑強抵抗，戰鬥的結果是波斯步兵團被擊潰了。戰鬥中西爾士從一個隱蔽處看到，阿爾米西亞在她的一群海軍將領中，鎮定自若地指揮士兵們英勇作戰，她幾乎就像與西爾士換了性別，使西爾士本人感到自慚弗如，如果有她那樣的無畏氣魄，他的艦隊本來不至於如此輕易地調頭逃跑。

在歷史上，阿爾米西亞在丈夫死後守身如玉。她熱愛丈夫、忠於愛情的美名遠近傳播。不管是那座宏偉的陵墓，還是阿爾米西亞把丈夫的骨灰喝進肚子的傳說，總之，這一切都那樣驚世駭俗。但這些功績遠遠不能完全表現出阿爾米西亞的崇高美德。她還有男人般的精力，非同凡響的治理才能。她的膽量，她的英勇，使她在丈夫死後又增添了眾多輝煌戰績，從而使她不同凡響的威名，更添光彩。

維吉妮
──為父所殺的貞女

維吉妮(Virginea)是羅馬人，名副其實的貞女，應受到尊敬和銘記。維吉妮在羅馬語中，意為處女和貞潔。

維吉妮以美德出眾而聞名。她是奧魯斯・維吉努斯的女兒，維吉努斯雖是平民，卻高尚正直。維吉妮之所以聞名，並不完全由於她處於苦難中表現出來的無比堅貞不屈，而更多的是由於殘害她的那個卑鄙追求者的邪惡，更由於她父親的格外嚴厲，也由於羅馬人由此獲得的自由。

西元前四五一年，維吉妮的父親將她許配給了洛修司・埃西利厄斯。二人還未舉行婚禮，洛修司便就參加了羅馬人與阿伊奎人作戰的阿爾都斯山遠征。當時，其它護民官都離開了羅馬去參加戰鬥，留下守衛羅馬的護民官阿皮尤斯・克勞迪烏斯被維吉妮的美貌深深打動，

不顧一切地愛上了她。維吉妮的不幸而又令人嘆息的命運便由此開始。

維吉妮斷然拒絕了阿皮尤斯的求愛。阿皮尤斯用花言巧語、豐厚禮物和軟硬兼施，都未能動搖維吉妮純潔的心。在這種情況下阿皮尤斯被瘋狂的情慾所支配，在嘗試了各種失敗、否定了各種可能的辦法之後，便想到了以計取勝，從而達到自己的目的。阿皮尤斯身為執政官，又是當地大法官，公開顯示自己的力量採取暴力顯然不妥，也不安全。

於是，他挑選了一個膽大的，名叫瑪庫斯的自由民去完成他的計劃。要他在維吉妮從廣場附近經過時說是他的逃奴，將她逮捕，帶回家中。她若有稍許反抗，便帶到阿尤皮斯面前控告她。

幾天後，這個自由民在維吉妮

經過廣場時，便悍然逮捕了她，並說她是自己的奴隸。這姑娘大聲喊叫，全力抵抗，和她一道的女人們也幫助她，四周很快聚集了一大群人。正巧，她的未婚夫、剛回羅馬的埃西利厄斯也在人群當中。

雙方僵持不下，經過長時間交涉，維吉妮最終被帶到法院，而法官正是阿皮尤斯。埃西利厄斯和憤怒的群眾克服重重困難再三申辯，才使情緒激動的阿皮尤斯同意延期審判。

接著，阿皮尤斯來到兵營，命令軍官們不准放維吉妮的父親維吉努斯去羅馬。他怕維吉努斯干擾他實施詭計，但這個計策落了空，因為這位父親剛一接到傳喚便立即到了羅馬。他穿著依然很髒的長袍，與女兒、埃西利厄斯和其他友人一起進了法庭。

在法庭上，瑪庫斯聲稱維吉妮是他的財產。而那個狠毒的法官阿皮尤斯根本不給維吉妮申辯的機會，便將她判定為逃奴。瑪庫斯要帶走維吉妮，維吉努斯大聲譴責阿皮尤斯，但毫無效用。最後，這位憤怒的父親終於得到允許，可以和女兒的乳母一道與維吉妮婭簡短地談上幾句，理由是他若了解了這個女奴逃離主人的真相，然後交出這個奴隸，就顯得不那麼有失父親的尊嚴了。

維吉努斯離開女兒和她的乳母，去了離法院不遠的「愛神維納斯廟」附近的店鋪，他抓起一把尖刀，回到女兒身邊，大聲說道：「親愛的女兒，我只能用這種辦法來恢復你的自由了。」旁觀者吃驚地看到，他將刀刺入了女兒的胸膛。

這不幸的姑娘倒在了地上，血流如注，死於眾人面前。就這樣，這位無辜少女之死，使淫邪的阿皮尤斯的卑污企圖化成了泡影，也喚醒了羅馬的廣大民眾。他們看清了阿皮尤斯之流卑劣而又兇殘的面目，經過維吉努斯和埃西利厄斯的頑強抗爭，平民再度收回了自己的權利。

不久之後，在已經做了護民官

的維吉努斯的提議下，阿皮尤斯和瑪庫斯被逮捕起訴。阿皮尤斯出庭答辯，維吉努斯下令判決將他拖入監獄，並用鐵鏈將其鎖住。為了逃避懲罰，這個邪惡的罪人以繩索、短刀或毒藥結束了自己可恥的性命，償還了無辜的維吉妮之死。但是，他那個膽大妄為的走卒和幫兇瑪庫斯卻未得到應有的懲處。他平安地逃脫了，走上了可恥的流亡之路。其財產以及他那個保護人的財產均被沒收充公。腐敗的法官最為危險。每當他拋開公理遵從了自己的邪念時，一切正當的法律程序便必會受阻，法律的力量便必遭破壞，廉潔的行為便必被削弱，而對罪行的約束也必會放鬆，真理和正義更不會得到伸張。總之，公眾的利益必會毀於一旦。

《維吉妮之獻身》
十九世紀 法國 保羅·鮑德瑞

伊萊涅
——才藝超群的希臘女畫師

伊萊涅(Yrene)到底是不是希臘女子，她生在什麼時代，我至今沒看到有關她的這些記載，但根據她的著名畫作，人們有理由認為她的確是位希臘女子。

她的父親是一位名叫克拉丁斯的畫家，伊萊涅既是父親的女兒，又是父親的學生，但她的成就和名氣均遠遠超過了父親。若不是因為她，她的父親幾乎不為人所知，據說她父親曾為我們詳細而精確地描繪出了許多植物的葉子和根莖。

伊萊涅之所以才藝聞名，是因為她的畫藝堪稱一流，有很多畫作流傳於世。能證明她大師般才能的作品曾長期存在，例如她在埃留西斯畫的一幅女孩肖像，年邁的卡呂普索像，鬥劍者忒奧多羅斯像，以及當時一位著名舞蹈家阿耳忒涅斯的肖像等。

我以為這些成就之所以獲得讚美，是因為畫藝與女性頭腦最不相近，若不集中巨大的心智，便無法獲得這種技藝，更很難達到這麼高的水準。作為女人，不知要經過多少磨練才能具備這樣的心智。

《畫家和他的仰慕者》 十九世紀 法國
埃米爾·皮埃爾·麥特馬歇爾

萊昂提穆
——向哲學權威挑戰的煙花才女

萊昂提穆(Leuntium)是位希臘女子，大約生活在馬其頓國王亞歷山大大帝時代。如果她不是個妓女，她本會更加聲名遠揚，因為她的智力超群出眾。

根據古代作家提出的證據，萊昂提穆在文學研究上極具天賦，可謂出類拔萃。不知是出於什麼考慮，作為一個人所不齒的下流女人，竟敢寫出一篇文章攻擊和謾罵哲學家亞里斯多德的學生泰奧弗拉斯特。這篇文章想必有相當高的水準，不然怎能經歷數個世紀，一直傳到我們這個年代。

在如此與眾不同的研究領域內，萊昂提穆敢於向權威挑戰，而且表現得無比出色，使人無法相信她是個煙花女子。

從那種人間渣滓中產生出天才，這的確非常罕見。然而，萊昂提穆卻成了一個真正的例外，她頗具才氣，但也確實不顧女人的廉恥，做過交際花或無名妓女。

哲學和天才在那種地方，根本不會有一席之地。只能被惡名玷污，被淫蕩輕浮踐踏，被擲入骯髒的下水道。在那種地方，哲學的光輝，會被不法之徒的可恥行為完全遮掩；天才只能被完全扼殺。具有極大諷刺意味的是，一位傑出的才女，具備如此神聖的天賦，居然情願以那種骯髒的方式生活。我不知道應當說萊昂提穆更強有力，還是應當說哲學過於懦弱。

《等待》十九世紀 義大利
維克托‧瑞格尼尼

奧琳比亞
——殘暴的馬其頓女王

馬其頓女王奧琳比亞(Olympias)擁有許多榮譽稱號，她是全希臘最著名的伊俄西達家族的後代，她的父親是摩羅西安國王涅俄普托勒摩斯，她的丈夫是馬其頓最高貴的國王腓力。她出生時名字叫來斯特麗斯，出嫁後才改名叫奧琳比亞。

此外，奧琳比亞的兄弟是伊庇魯斯國王亞歷山大，與亞歷山大大帝同名。腓力去世後，奧琳比亞的兒子亞歷山大繼承了馬其頓王位。亞歷山大的功績使人敬畏萬分，人稱亞歷山大大帝。養育出這樣傑出的兒子是母親的最大榮耀，因此，奧琳比亞聲名顯赫是很自然的。但是，這個光輝的名字，卻被一層濃密地陰雲遮蓋著，奧琳比亞的惡劣作爲，把自己釘在了歷史恥辱柱上。

她年輕時曾落入通姦的陷阱，對於一位女王來說那可是最可恥的事。更糟的是，人們懷疑其子亞歷山大是她通姦所生。腓力國王被這個說法深深困擾，多次公開聲明亞歷山大不是自己的兒子，而且廢黜了奧琳比亞，娶伊庇魯斯國王亞歷山大之女克麗奧佩特拉爲妻，這個打擊對奧琳比亞是何等殘酷。此前，她一直以王族的輝煌聞名，現在怎能忍受這樣的屈辱，於是她開始實施駭人聽聞的報復。

奧琳比亞指使一個名叫鮑薩尼亞的青年去殺害丈夫腓力。鮑薩尼亞是著名的特洛伊英雄邁肯尼國王阿伽門農之子俄瑞斯忒斯家族的後裔。奧琳比亞的兒子亞歷山大也參與了這個計劃。鮑薩尼亞謀殺了腓力國王，次日鮑薩尼亞被釘上十字架時，人們看到他頭上還有奧琳比亞給他戴上的金冠。數日後，奧琳比亞下令將鮑薩尼亞的屍體放在腓

ALEXANDER·M·DARIVM·VLT·SVPERAT
CA·SIS·IN·ACIE·PERSAR·PEDIT·CM·EQVIT
VERO·A·M·INTERFECTIS·MATRE·QVOQVE
CONIVGE·LIBERIS·DARII·REGIS·CVM·HAVD
AMPLIVS·EQVITIB·FVGA·DILAPSI·CAPTIS·

《亞歷山大的伊蘇斯之戰》 十六世紀 德國 阿爾特多費爾

力國王的屍身上，以馬其頓人的儀式隆重火化，又舉行了莊嚴的葬禮。這位王后命人將鮑薩尼亞刺殺腓力用的短劍，以自己出生時的名字米斯特麗斯的名義懸掛在了太陽神阿波羅神廟裡。她還下令將王后克麗奧佩特拉的女兒在岩石上剁成了碎塊。此後，奧琳比亞不斷用惡毒的誹謗毀損王后克麗奧佩特拉的名譽，使其不堪其辱自縊身亡。

奧琳比亞的兒子亞歷山大大帝以其輝煌的勝利而聲名日增，最後在巴羅尼亞被毒死，而她的兄弟伊庇魯斯國王亞歷山大也在盧卡尼亞被殺。奧琳比亞從伊庇魯斯國回到馬其頓，馬其頓國王阿西達俄斯與王后厄里費勒不准她入境，奧琳比亞便利用一些年邁的馬其頓人同謀將國王和王后統統殺死。奧琳比亞重回到馬其頓，成了馬其頓獨一無二的君主。

奧琳比亞君臨馬其頓後，對馬其頓實施了極為殘暴的統治。她肆意屠殺馬其頓人，貴族與平民都不能倖免。她的倒行逆施終於激起了民眾的反抗，被卡桑德圍困於派得納城，陷入飢餓和困頓之中。最後，奧琳比亞被迫與對方談判，將自己置於卡桑德的保護之下，以求活命。

奧琳比亞投降後，那些被她殺死的人的親友們堅決要求將她處死。當卡桑德派人到囚禁奧琳比亞的監獄中去執行死刑時，奧琳比亞知道自己將要死於來人之手，她沒有乞求活命，也沒哭喊或悲嘆，而是勇敢地站起身來，在兩名侍女的幫助下梳理頭髮，整理衣衫，從容不迫地走向劊子手，欣然就戮，彷彿根本就未將連最勇敢的男人都往往畏懼的死亡放在眼裡。以這樣的方式，奧琳比亞向人們證實：她的確是亞歷山大大帝這位傑出統帥的生身母親。

克勞蒂亞
——挺身救父的女祭司

《德爾斐阿波羅神的祭祀》十九世紀 英國 弗爾德里克‧雷頓

克勞蒂亞（Crondia）是羅馬的一位維斯太處女，是羅馬貴族的一位傑出後代。

維斯太是傳說中的灶神，維斯太處女是羅馬維斯太神廟的女祭司，終身不嫁，日夜看守神廟中的聖火，使其不滅。克勞蒂亞獻身神職、受人尊敬，但他對父親的摯愛，卻格外令人讚嘆。

有一天，按元老院的法令，她的父親在眾多羅馬人面前舉行取得勝利的慶祝活動，場面十分壯觀。一個天性高傲、性格魯莽的護民官出於私怨，突然撲向克勞蒂亞的父親，企圖用手將那位得勝者從戰車上拉下來。

克勞蒂亞也在觀眾當中，見此情景，焦急萬分。她非常熱愛自己的父親，無法忍受這個局面，便忘了自己的性別，忘了自己所戴的維斯太處女頭巾的尊嚴，立即毫不猶豫地衝入了人群。這個大膽舉動使眾人不得不為她讓出一條路。克勞蒂亞擠在了那個傲慢的護民官與自己的父親中間，保證父親平安地登上了眾神之父朱比特神廟的台階。

作為一個維斯太處女，本不該介入凡人之事。克勞蒂亞的壯舉，表現她對父親的愛是何等深厚，表現出她對父親的愛是何等堅定誠摯！若不是因為看到有人無恥地襲擊她的父親，這個柔弱的女子哪裡會有這麼巨大的力量呢?什麼能使她忘記自己維斯太處女的身分呢?她一直在牢記著是父親將她撫養成人，用無微不至的關懷照顧她，滿足那些有利於她的願望，使她免受一切傷害，培養、指導她逐步成為好女人。

維吉妮

——為平民女子增光的羅馬女子

維吉妮(Virginea)是一位著名的羅馬婦女，但與前面提到的那位少女維吉妮並不是同一個人。

這位維吉妮的父親雖也名叫奧魯斯，卻是貴族。維吉妮出身高貴，品行純潔，他的丈夫名叫沃克萊紐斯，曾擔任過羅馬執政官，後來成了平民。這樣一來，維吉妮便成了平民妻子，失去了人們對她貴族身分的尊重。但是，維吉妮做了一件值得大家讚頌的事，這件事使她重獲尊重，得到了應有名聲，也使她在羅馬女子中佔有了顯著位置。

在當時的羅馬城中，希臘大英雄海格力斯圓形神廟附近有一個叫牛場的廣場。牛場上有一座著名的祠堂，貴族們不久前將它獻給了貞女帕特里夏，這個祠堂便被叫做貞女帕特里夏祠堂。在第四執政與第五執政時期，元老院曾頒布命令，要人們像去其他神廟一樣去這座祠堂禱告，以避免某些神諭的惡兆。

一天，一些貴族女子聚在一起，按照古代習俗全心投入祭祀儀式，維吉妮與其它女子也去了貞女帕特里夏祠堂，在那裡，婦女們發生了一場口角。原因是，貴族婦女們看到平民妻子維吉妮和她們一起向貞女帕特里夏祭拜禱告，覺得這是對她們的侮辱。她們說，她不配在貞女祠堂禱告，下令把維吉妮趕出祠堂。維吉尼亞不為所動，她們便大吵大鬧，大有不趕走維吉尼亞不罷休之勢。維吉尼亞一再向她們解釋，說自己是個善良女子，不能因為嫁給平民而被排斥在貞女祠堂之外。可那些貴族婦女仍不依不饒。在這種情況下，維尼吉亞憤然離開了。那些貴族婦女回家了。

維吉妮決心用自己的行為來證明自己見解的正確。她把與丈夫居

住的長街上臨街的房屋騰出一部分，做了一個樸素的祠堂，並在那裡設了一個祭壇。然後，維吉妮將已婚的平民婦女召集在一起，給她們講了貴婦們的傲慢行為，最後說道：「我請求你們在做賢妻的美德上彼此爭先，像這座城裡的男人們彼此爭先一樣。你們若能如此，眼前的這個祭壇我已將它獻給貞女帕特里夏，它將永遠接受你們聖潔的祭拜，它比對貞女帕特里夏祠堂的崇拜還要聖潔。你們的行動將表明：聖潔的心靈並不僅僅存在於貴族婦女胸中。」

　　維吉妮的這番話中肯有理！她的義憤值得稱道，她的義舉更值得喝采！維吉妮不去謀取丈夫的錢財，不以淫蕩的陷阱去獵獲收益。她譴責年輕男子淫邪露骨的目光及其性慾，她要靠虔誠聖潔的力量，去贏得永恆純潔的聲譽。到這座祠堂中獻祭的權利，只給予那些被證明為賢淑的女人和只結過一次婚的婦女。這個規矩最初就是如此，後來又長期沿用。其結果是使那些虔

《羅馬人的浴室》
十九世紀 德國
以馬利・奧博豪森

誠的婦女們獲得了巨大的精神力量，堅定了她們的信念，使那些以淫邪的心理和褻瀆的目光對待婦女的男人們的希望徹底破滅。由此，貞女維吉妮祭壇逐與貞女帕特里夏祠堂獲得了同樣的聖潔。

　　我相信，維吉妮曾使許多婦女渴望獲得良好的名聲，並使她們能永久保持住自己寶貴的貞潔。

佛洛拉
——由妓女到花神

佛洛拉(Flora)是位羅馬女子，生性風流貪淫卻又精明狡獪。她原本是個妓女，卻因為從事這個行當死後竟被奉為花神，成了舉世聞名的神女。

佛洛拉生前非常富有，但對她獲得那些財富的方式卻眾說不一。

有人說，她憑自己的青春年華和美貌，發蹟於妓院老鴇和墮落的男人之中。靠風塵女子慣用的淫蕩誘惑，從眾多嫖客手中斂財。據說她用這種方式和手段，騙光一個富有的傻瓜男人，以致成為富婆。

另有一些人說，她的大量錢財是這樣得來的：一天，羅馬城內的希臘大英雄海格力斯神廟的護衛閒來無事，便用自己的左手跟右手賭博。他用左手代表他自己去擲，用右手代表海格力斯去擲。他決定，如果左手贏了，他便用神廟的錢請自己去吃一頓飯，並給自己找個女人。如果右手贏了，便用自己的錢請海格力斯去做同樣的事情。結果右手贏了。於是海格力斯顯靈了，那護衛只好請他吃了飯，並為他找來了名妓佛洛拉。佛洛拉來到神廟陪神明睡覺時，夢見海格力斯對她說，她若在清晨離開神廟，便會遇到一個男人，此人將為她提供的服務付錢。清晨她走出神廟時，果然遇到了一個非常富有的年輕男子，名叫法尼提烏。她便向法尼提烏實施勾搭引誘，結果法尼提烏斯愛上了佛洛拉，並將她帶回了家中。

佛洛拉與他生活了很長時間，他去世時指定佛洛拉做了繼承人，得到了大量遺產。佛洛拉沒有子女。在她生命將要結束時，十分渴望使自己的名字永垂史冊。為此她動了腦筋，想出了這樣一個辦法：將全體羅馬人指定為自己的財產繼承人，以使後人永遠記住她的名

字。她做出的規定是：每年在她生日那天舉辦公共競技節，費用由她遺產的利息支付。她還對競技節的形式和內容作了一些規定。

佛洛拉的期望沒有落空。她留給人們的遺產贏得了眾人的讚許。人們每年都在她生日的那天歡慶紀念她的競技節，並將這個活動命名為「花神佛洛拉競技節」。競技節期間，還規定由妓女們裸體表演啞劇。妓女們用各種下流姿勢展示各自的本事，以使後人想到佛洛拉曾從事的那個行當。這個撩撥情慾的場面本業使觀者大為開心。年年都

舉辦這樣的競技節，使大眾逐漸耽入淫慾之中。

時間一長，元老院感到了問題的嚴重：人們都熱衷於紀念一個妓女，實在是有傷風化。著名的羅馬城被染上這樣的污點，也真是令人尷尬。然而，元老們深知要取締這個節日已不可能，於是對這個節日的來由憑空杜撰了一個故事，在大眾中廣為傳播。

這故事是這樣的：從前曾有一位具有驚人美貌的女神，名叫克羅拉，住在羅馬。有個名叫仄費洛斯(Zephyrus)的西風之神熱烈地愛上

《花神佛洛拉的王國》
十七世紀　法國
尼古拉斯‧普桑

了克羅拉，並娶她爲妻。克羅拉從仄費洛斯那裡得到了預言未來的法術。她同時還具備這樣一種能力，就是使樹林、山岡和草原在早春披上綠裝。克羅拉掌管著鮮花，因此便被稱爲花神佛洛拉，再不叫克羅拉。由於人們都喜歡鮮花，鮮花開過後還會結出果實，古人便爲花神佛洛拉建造了聖所、祭壇，向她祈禱。爲了慶祝花神的生日，還爲她舉行競技節，一旦這些競技活動取悅了這位女神，她便會使鮮花到處盛開，使果實大獲豐收。

這個騙人的說法誤導了大衆。

佛洛拉生前住在妓院中，曾爲了一點小錢隨便向什麼人出賣自己。而現在，人們卻使她與天后朱諾和其他女神坐在了一起，彷彿眞有一個叫仄費洛斯的神將一個純潔女子帶入了天界。佛洛拉以卑污之財，把自己從妓女變作了女神，端坐於神廟之中，被凡人奉爲神明。這個骯髒的女人不但成了花神，而且擺脫了她生前的惡名，成了一位舉世聞名的女子。

瑪耳塔
——守身如玉的女畫家

羅馬有位名叫瑪耳塔(Martia)的女畫家，父親名叫瓦龍。但我們未能找到有關瓦羅身分的記載，也不知道瑪耳塔的生卒年代。瑪耳塔終生保持著處女之身，不是受終生不嫁的維斯太處女誓言的約束，也不是受到月亮女神黛安娜或其它神靈立下的其它誓言約束，更不是受外力的限制和權威的強迫，這些都是曾壓抑和限制了多少女子。瑪耳塔完全是依靠自己純潔的頭腦，克服了肉體的刺激，從而保持了自己的清白。而肉慾往往會征服傑出的男人或女人。她平生從未因與任何男人有染而使自己受到玷污。

除了即瑪耳塔蔑視女子從事的那些行業的堅貞可嘉之外，她的高超畫藝和雕刻技巧也同樣值得讚美。我們雖不知她的才能是師傳所傳還是天賦使然，但有一點確定無疑，瑪耳塔不願悠閒懶散地虛度年華，全心全意地鑽研繪畫與雕刻。

她能以象牙雕刻人體，能以極高超的技巧畫出非常完美的圖畫，其成就超過了當時最有名的一些藝術家。有一點可以證明：她的繪畫作品的售價要高於另外畫家作品的售價。更不同尋常的是，瑪耳塔不但畫藝高超，作畫速度也比其他畫家都快。

瑪耳塔的代表作曾長期存在，其中包括一幅自畫像。那是她藉助一面鏡子畫在一塊木板上的。她忠實地再現了自己臉部的顏色、特徵和表情，極為逼真。同代的任何人一見那幅肖像，都能毫不費力地認出那是瑪耳塔的自畫像。古代繪畫和雕刻表現的人體，大多是赤裸或半裸的。因此，繪制或雕刻男子，要嘛將男體置於未完成狀態，要嘛給男體加上所有細節。為了避免這

《畫家的工作室》
十九世紀 西班牙
帕布魯·胡安·薩林奈斯

兩種選擇，她認為將它們統統放棄才是上策。

　　有關她嚴謹的畫風和高尚的道德還有不少傳說。其中提到，無論她作畫還是雕刻，表現的都是女子形象。這是瑪耳塔從事創作的一個重大特點。這大概也是源於她的純潔與貞淑，也可以看出她對藝術的忠誠。

蘇皮蒂婭
——眾望所歸的羅馬貞女

根據羅馬婦女提供的證據，蘇皮蒂婭(Sulpitia)是位羅馬貴族女子。她的父親名叫薩耳維斯·佩特庫魯斯，丈夫是弗魯斯，兩人也都是貴族。蘇皮蒂婭在昔日曾備受尊重，維持自己貞潔方面得到的讚譽，不亞於那位被逼失身，以死雪恥的魯克西婭。

一次，元老院的十大行政官按照習俗請教了西比爾神諭書，那神諭書是預言家留下的，書裡包含了羅馬的全部運數。

元老院按照神的諭示，下令在羅馬向愛神維納斯的一座雕像獻祭，爲的是激勵處女和其他婦女絕棄淫蕩行爲，更熱忱地追求貞淑品德。行政官們規定，向這尊雕像獻祭的代表人，必須是被公認爲最貞潔的羅馬已婚女子。

於是，元老院便在當時羅馬城裡尋找這樣一位被全體女性看作最貞潔的女子。但全城女子眾多，實在不好選擇，最後決定先推選一百名，從一百名中選出十名，最後從這十名中選出一名，由她代表羅馬全城貞淑女子向愛神獻祭。

貴族婦女們先從各個階層挑選一百名以貞潔著稱的女子，其中就包括蘇皮蒂婭。然後，元老院又下令從這一百名女子中選出十名，蘇皮蒂婭又被選中了。最後從十裡挑一時，眾女子一致選定了蘇皮蒂婭。

在那個時代，向愛神維納斯雕像獻祭是一種殊榮。蘇皮蒂婭的貞潔名聲得到了如此眾多婦女的一致認可，這便更加榮耀。她被全體羅馬婦女當作一位偶像來崇拜，而且由後來數代人都對她很景仰，她的名字便一直流傳下來。

阿爾摩尼婭主僕
——以死相報的義女

年輕的西西里女子阿爾摩尼婭 (Armonia)是蓋倫的女兒，蓋倫是緒拉科斯國王希羅尼姆斯的兄弟。她雖出身王室，但她與僕人的忠義之舉，實在令人感佩。

當初，西拉克斯人曾盲目地發動了一次反對王室的叛亂，他們殺害了國王希羅尼姆斯與阿爾摩尼婭父親蓋倫的兩個女婿安羅諾多羅和忒米斯圖，這還不夠，他們還想繼續殺害國王的兩個女兒達瑪拉塔和赫拉克里婭以及蓋倫的女兒阿爾摩尼婭。

阿爾摩尼婭的乳母非常精明，在慌亂之中她讓一個與阿爾摩尼婭同齡的女僕穿上了公主的服裝，去應付暴民的襲擊。

那忠誠的女僕看到暴民手持利劍，朝她衝過來，既沒有倉皇逃跑，也沒有向襲擊者們洩露真實身分，更沒有詛咒已躲起來的阿爾摩尼婭。為了掩護主人，她一言未發，一動不動，為主人獻出了生命。

暴民們殺死女僕之後就離開了。躲在暗處的阿爾摩尼婭目睹了剛剛發生的一切，那替她而死的年輕女僕身處險境的堅忍，面對死亡的勇敢無畏，以及從她傷口裡湧出的汩汩熱血，使阿爾摩尼婭的心靈產生極大震撼。

阿爾摩尼婭雖然平安脫險，內心卻不能平靜。她知道自己的性命是用另一個年輕的生命換來的。女僕的死喚醒了她，也激勵了她，她也要像那女僕一樣，勇敢地面對兇手，無畏地迎接死亡。她要到冥冥世界去陪伴赤膽忠心的女僕。於是，她來到眾人面前，說出乳母的計謀，表明自己的身分，表達了願以自己的血去祭奠被戮的女僕，然後用短刀在自己身上刺了多處，倒

《甜蜜的夏日午睡》
十九世紀 英國 約翰・威廉・高特沃德

在了離女僕屍體最近的地方。

　　阿爾摩尼婭過早地結束了自己
的生命，但卻被載入史冊，如同永
生。我們很難斷定哪個更為偉大：
是那位女僕，還是那位主人?前者
的品德使僕人之美德永垂青史，而
後者的品德則使阿爾摩尼婭公主的
名字萬古流芳。

布薩
——慷慨救難的義女

有些人稱布薩(Busa)為寶蓮娜(Paulina)，將布薩當做了一個姓。布薩是一位阿普利亞地區的女子，住在義大利北部的肯諾撒城。

她的感人事蹟，可以證明這個女子出身高貴並以其慷慨救難的壯舉贏得了世人的尊敬……。

當年，迦太基的漢尼拔將軍在對羅馬人的殘酷戰爭中，用烈火與利劍將羅馬全國變為廢墟，並將羅馬人的國土浸在血泊裡。

在康奈城的阿普利亞村附近的一次大戰中，漢尼拔不但打敗了羅馬人，而且使義大利人潰不成軍。不少幸免於難的義大利人紛紛四散奔逃，其中約有一萬人於夜間抄小路來到了當時與羅馬人結盟的肯諾撒城。

這些逃亡者疲憊虛弱，缺吃少穿，沒有武器，赤身裸體。當時布薩就住在這座城裡，戰亂並沒有把這個堅強的女人嚇倒。她將這些逃難的人接入自己家中，慷慨地給他們提供各種庇護。她要這些戰敗的人振作起來，然後請來醫生救治傷員。她給所有的逃亡者發放了衣物，提供食品，還儘可能地向沒有武器者提供武器裝備，用自己的錢財支付那些人的各項費用。依靠她的仁慈與同情、關心和幫助，這些男子們恢復了信心和體力。當他們準備離開時，布薩又給每個人都發放了路費。以後，陸續不斷地有逃亡者到來，布薩全都這樣對待他們。

表面上看，布薩為幫助別人散盡了自己的財產，但是，她卻讓自己的財富發揮了最大的作用。大自然母親讓金子從地下隱蔽處來到白日下，並非為了讓金子再進墳墓。而守財奴們卻正是懷著這種念頭，

將他們的財寶埋入棺材，還趴在上面巴望重生。

　　惟有幫助別人，使人人受益，黃金和財物才是用得其所；惟有出於博愛而不是出於獲利，黃金和財物的支出開銷才理所當然。這樣的善舉也應遵循一條合理的尺度：幫助他人不要使自己陷入也需要幫助的貧窮，更不要使自己因陷入貧窮而想方設法占有別人的財產。

《受天賜福的姑娘》
十九世紀　英國
但丁‧加百利‧羅賽蒂

素芬尼斯帕
——寧死不屈的努米底亞女王

素芬尼斯帕(Sophonisba)的父親哈斯德魯巴爾是基斯國王子，迦太基最偉大的君王。素芬尼斯帕生活的時代，正是迦太基的漢尼拔將軍進擾義大利的時期。她是個非常有名的女子，尤其是她強加給自己的慘烈死亡更爲自己贏得了榮譽。

素芬尼斯帕天生麗質，正當青春花季之時，父親哈斯德魯巴爾便將她嫁給了北非努米迪亞國的強悍國王塞法克斯。哈私德魯巴爾此舉的目的，並不僅僅是在王室之間聯姻，主要是考慮在與羅馬人的連年爭戰中靠女兒的魅力，使這位蠻族國王斷絕與羅馬人聯盟，將他拉到迦太基人一邊。她這個精心安排，很快便得到了回報。

婚禮之後，由於素芬尼斯帕事先受過訓練，又年輕貌美，很快便博得了塞法克斯的寵愛。使塞法克斯覺得除了她之外，天下沒有任何人值得他珍愛並能使他快樂。羅馬統帥科爾涅利烏斯·斯奇比奧率領軍隊從西涅島渡海進入北非，素芬尼斯帕在父親的指使下，用甜言蜜語哄騙塞法克斯，懇求國王滿足她的意願。結果，塞法克斯背棄了與羅馬人的聯盟，轉而站到了迦太基人一邊。不僅如此，他還部署部隊準備與羅馬人戰鬥。

科爾涅利烏斯·斯奇比奧的軍隊尚未渡海，背信棄義的塞法克斯便修書禁止他進入非洲，而不久前，他還對前來作客的斯奇比奧信誓旦旦地表示歡迎。斯奇比奧是個意志堅強的青年統帥，他譴責了這位蠻族國王的惡行，命部隊在離迦太基不遠的地方登陸，爲了打敗賽法克斯，斯奇比奧採取的行動是派羅馬的盟友東努米底並瑪西尼薩國王和自己的副將拉伊留斯去和塞法

克斯作戰。兩人打垮了塞法克斯的軍隊，活捉了塞法克斯，給他戴上枷鎖，帶到了努米底亞的國都烏提卡，塞法克斯身披枷鎖、被迫向其國人示眾，烏提卡城投降了。

瑪西尼薩國王率軍進入烏提卡城時，斯奇比奧的副將拉伊留斯尚未到達。烏提卡城一片混亂。瑪西尼薩身披鎧甲，走進了王宮，素芬尼斯帕出來相迎，作爲迦太基公主、塞法克斯的妻子，她知道自己的命運危在旦夕，她見王宮入口處有個著裝與眾不同的人便知道她就是那位國王。

於是，她跪倒在他面前，但依然以女王的語氣說道：「國王陛下，你現在可以隨意處置我們，這會使你的眾神開心，使你的命運之神高興。此前我們也是君主，現在成了你的囚徒。不過，你若允許一個囚徒當著她的征服者、當著主宰她生死的人說出懇求之辭，允許她觸摸你的膝蓋和得勝的右手，我便要謙卑地懇求你：惡毒的命運剛剛將我交到你手中，但只要不將我活著交給羅馬人，隨你怎樣處置我都可以。我是迦太基人，是羅馬的敵人，我決不能活著到羅馬受辱。我懇求你讓我死在你的手裡，而不要讓我活著落入敵人的魔掌。以你的國王身分，以你的王族血統，我懇求你這樣做：看在你與我的丈夫塞法克斯都出生在努米底亞的份上，我懇求你這樣做。羅馬人是一群傲慢自大的有害勢力，對我們迦太基人尤其如此。即使我不是塞法克斯的妻子，但我是哈斯德魯巴爾的女兒，你知道我現在最懼怕的是什麼，那就是活著到羅馬去。我最後一次懇求你，隨你怎麼處置，只要不把我活著交給羅馬人。」

瑪西尼薩本身是努米底亞人，也像自己的同胞塞法克斯那樣渴望滿足淫慾。一見到這位懇求者的臉龐，他馬上心生仁慈，也燃起了慾火。由於統帥斯奇比奧的副將拉伊留斯率領的羅馬軍隊尚未到來，瑪西尼薩手握大權，便向素芬尼斯帕伸出了右手，在這女人的哀告聲中，將素芬尼斯帕攙扶起來，當場與她成婚。婚禮慶典在兵器發出的嘈雜聲中和四面八方亂跑的士兵的

混亂中舉行。瑪西尼薩以爲他這樣做是找到了一種最合適的方式，既能滿足自己的慾望，又能滿足素芬尼斯帕的懇求。

次日，拉伊留斯到了，瑪西尼薩去迎接他。按照統帥部的命令拉伊留斯帶著全部王室俘虜、包括瑪西尼薩的新婚妻子素芬尼斯帕及其他戰利品班師回國。羅馬統帥斯奇比奧親切地接待了他們，並祝賀他們的成功。然後，他用友善的口氣責怪瑪西尼薩將羅馬人的俘虜娶爲妻子。瑪西尼薩回到了自己的軍營，感到痛苦萬分。他既失去了新婚的愛妻，又違背自己的諾言，當然也更爲主要的是違反了素芬尼斯帕不能活著到羅馬的意願。等人們都走後，這位國王哭泣良久，連站在營帳外的人都能聽到他的嘆息和哭聲。之後，瑪西尼薩叫來了他最信任的僕人，叫他將毒藥溶在一杯水中端給素芬尼斯帕，並要他轉告說：只要有可能，瑪西尼薩很願意信守自己對她許下的諾言，但是，他做選擇的自由已被那些有權的人剝奪了，他現在很難繼續滿足她的

懇求了。儘管如此，考慮到她的父親、她的國家以及她最近嫁給的兩位國王，她還是應該做出最有利於她的決定，繼續活下去。

聽到這番話時，素芬尼斯帕臉上的表情並未有什麼改變。她對來人說道：「倘若我丈夫除此之外不能給我其他禮品，我願接受這個結婚禮物，並爲此感謝他。但你要告訴他，在我該死的那天我若未結婚，本會死得更體面。」說完，她拿起那隻杯子，毫無懼色，將杯中的毒藥一飲而盡。此後，她便全身腫脹，悲慘地倒在地上，終於獲得了她所尋覓的死亡。

如此大無畏地面對既定的死亡，這實在是個值得讚頌的壯舉。即使是一個病危的老人做出的這樣的舉動也屬不易，何況那老人已厭倦了生命，除了自己的死亡，已不希望其他一切。可是，對一位年輕的女王而言，就她對人世的了解而言，就她剛剛步入生活，剛剛開始看到生活中的歡樂而言，她能如此勇敢地直面死亡，便更加令人讚嘆。

忒奧塞娜
——殺子投海的色雷斯公主

忒奧塞娜(Theosena)是色雷斯國王希羅底斯的女兒，出身高貴，在她的一生中，溫柔慈祥的母愛和嫉惡如仇的嚴酷，都給後人留下了難以磨滅的深刻印象。

忒奧塞娜有個親姊姊，名叫阿耳科斯。姊妹倆都生活在馬其頓國王腓力統治時代。她的父親因腓力的背叛而被殺，後來，腓力奪取了馬其頓王位，以蔑視法律的罪名，將忒奧塞娜的丈夫姊姊阿耳科斯的丈夫處死。這樣一來兩姊妹都成了寡婦，各有一個獨生子。

後來，姊姊阿耳科斯再嫁，丈夫名叫珀瑞斯，是位族長。阿耳科斯為珀瑞斯生了許多子女。但忒奧克塞娜卻決心守寡，許多君主曾向她求婚，都被其拒絕。阿耳科斯去世後，忒奧塞娜非常同情姊姊的子女們。為了能將姊姊的子女當成自己的孩子撫養，避免落在繼母手中，或在父親的漠不關心中長大，她決定嫁給已故姊姊的丈夫珀瑞斯。此後，忒奧塞娜便像對待親生骨肉一樣悉心照顧姊姊的孩子。顯然她與珀瑞斯結婚，完全是為了姊姊的子女，而不是為了使自己獲益。

生性好戰的馬其頓國王腓力計劃對羅馬人再動干戈。當時，羅馬人已在全世界取得了重大的勝利，非常強大。腓力為了實現自己的計劃，撤空了色雷斯幾乎所有的沿海城市，強令那些城市的居民分成小批，遷移到愛奧尼亞島上去，那裡後來被稱為埃瑪西亞，然後將這些城鎮贈給了色雷斯人。腓力通過此舉討好色雷斯人，因為在即將到來的戰爭中，色雷斯人被他看做是堅定可靠的盟友。

此舉在他的王國中引起了巨大的騷亂，民眾群起反抗。腓力便下

令屠殺，但依然阻止不了那些被迫離鄉者對他的詛咒。這使他意識到，要保證自己的安全，乾脆將被他殺戮者的子女統統殺死，來個斬草除根。

於是，腓力下令逮捕並囚禁了被其殺害過的家庭的孩子，準備分期分批全部殺掉。忒奧塞娜看到了這位邪惡國王發布的布告。她想起了自己丈夫和姐夫的死，便預料到自己的兒子和姊姊的兒女都將被捕殺。他們若是落到那位國王手中，不但會成為那國王施暴的對象，而且必定會遭到那些獄卒的迫害和凌辱，最後仍難免一死。

為了防止出現這種情況，她想了一個可怕的對策，並大膽地告訴了丈夫：倘若沒有任何辦法，她寧可親手殺死那些孩子，也不讓他們落入腓力的魔掌。

但珀瑞斯反對這個可怕的行動計劃。為了安慰妻子，保護自己的家庭，他決定帶著子女們逃走，將他們交給某些值得信任的外國人。

時間緊迫，珀瑞斯離開色雷斯

《色雷斯少女捧起俄耳甫斯的頭顱》
十九世紀末　法國　古斯塔夫・莫羅

這個危機四伏的地方去了伊尼亞城，謊稱去參加每年的「伊尼亞節」，那是個以該城創建者的名字而命名的慶典。他在伊尼亞城逗留了一天，參加了莊嚴的慶典和飲宴。午夜時分，他藉口回色雷斯，帶著妻子兒女，悄悄地登上了一條等在港口的船，駛向他們真正的目的地埃維羅島。

然而，事情的發展卻大出意

料。船剛一駛出伊尼亞港，暗夜中便颳起了逆風。珀瑞斯他們拼盡全力想衝出港口，槳手們費盡氣力仍無濟於事，逆風反將他們吹回了原地。直到黎明時分，他們的船仍沒有駛離港口，仍在海岸附近顛簸。

王室的崗哨發現了這條正在海浪中逆風而行的船，便認定它試圖逃跑，馬上派出一隻武裝巡邏船去追捕，並下令巡邏船將它帶回。

珀瑞斯他們看到巡邏船愈來愈近，知道危險已迫在眉睫，便不顧一切地一邊催促槳手們全力劃槳，一邊祈求眾神幫助他們脫離險境。忒奧塞娜看到這一切，深知情況萬分危急。她看到珀瑞斯在祈求眾神保佑，便想到了自己先前的那個計劃，彷彿眾神此刻給了她實施那個計劃的機會。

她將毒藥溶在一隻杯中，並拔出了短劍，將這兩樣東西擺在子女們面前，說道：「現在我們大家已無路可逃，惟有死亡才能保佑我們大家平安了。這杯子和這匕首便是我們用以去死的工具。我們每人必

須選擇其一，才能逃脫那個殘忍的國王的迫害。所以，孩子們啊，振作你們高尚的精神，讓你們當中最年長的表現出男子漢的氣魄吧。拿起匕首，刺入自己胸膛。而若要選擇溫和一點兒的方式，就喝掉那杯中的東西。兇暴的大海不讓我們朝生路上走，我們只好選擇這樣的下場求得神的庇護。」

敵船已經靠近，這位令人畏懼的女子便逼迫一個個猶豫不決的子女自殺。大多數子女在父母面前當場斃命，剩下的幾個子女也都奄奄一息，她命令將他們全拋入了大海。

忒奧塞娜不要子女們做惡人的奴隸，以便受辱被殺，自己也準備隨時以死抗爭。為了自由和尊嚴，她曾全心全意地撫養了這些孩子；同樣為了自由和尊嚴，她又迫使子女們紛紛自殺。她高貴的精神和勇敢的行為感動並激勵了在祈禱的丈夫，表示願同她一同赴死。於是，忒奧塞娜緊抱著丈夫，跳入了風暴肆虐的大海。她寧可為自由而死，

也不願在可恥的奴役中苟活長命。敵人最終找到的只是一條空船。

以兇狠殘暴著稱的馬頓國王腓力失去了以暴行和淫威鎮壓民眾的展示機會，而毫不妥協的忒奧塞娜，則為自己在歷史上畫上了一個沉重的完美句號。

貝爾萊尼斯
——為子復仇的卡帕多西基亞女王

本都王國的公主貝爾萊尼斯（Beronice），是卡帕多西基亞女王。她的丈夫是該國國王，名叫阿里俄巴讚尼斯。貝爾萊尼斯躋身名女，並不完全是因她出身高貴，而是由於她為兒子復仇的勇敢行為令人矚目。

貝爾萊尼斯原是本都國王米特拉達特斯六世的女兒。米特拉達特斯曾對羅馬人發動戰爭，在與羅馬統帥阿利斯托尼庫斯作戰時突然身亡。貝爾萊尼斯的弟弟和父親同名，也叫米特拉達特斯，此人是米特拉達特斯六世之子，是羅馬人在戰爭中的夙敵。由於貝爾萊尼斯的弟弟米特拉達特斯的背叛，貝爾萊尼斯的丈夫阿里俄巴讚尼斯死於戈迪烏斯之手，身後留下兩個兒子。國王一死，王位暫時無人繼承，比西尼亞國王尼科米底亞乘機佔領了卡帕多西基亞王國。

米特拉達特斯害死姐夫後，本想侵奪王位，沒想到王位先落到了別人手中，便假作虔誠，藉口幫助

外甥繼承卡帕多西基亞王位，起兵討伐尼科米底亞。然而，當他得知身爲寡婦的姊姊貝爾萊尼斯了嫁給了尼科米底亞之後，原先對家族假裝的忠誠便成了他的眞情。他以武力將尼克米底亞趕出了卡帕多西基亞，將姐夫姊姊的長子與其父同名的阿里俄巴讚尼斯拱上其王位。但後來，米特拉達特斯對此舉又感到後悔，便設騙局殺死了新王阿里俄巴讚尼斯。而當人們從小亞細亞召回貝爾萊尼斯的次子也叫阿里俄巴讚尼斯繼承王位時，他又用計將其殺死。這樣，貝爾萊尼斯的兩個兒子，便都死於她的親弟弟米特拉達特斯之手。

兩個兒子之死，使不幸的母親貝爾萊尼斯悲痛萬分。她知道米特拉達特斯的騙局和詭計都是出自他的大臣卡涅尤斯，並由他親自實施之後，便憤怒地拿起了武器，套上戰馬，登上戰車，親自去追擊正在逃跑的殺害自己兒子的兇手卡涅尤斯。貝爾萊尼斯先用長矛向他擲去，但未投中，又用一塊石頭將他擊落在地。接著，她暴怒地驅趕戰車，從卡涅尤斯的屍體上碾過。接著她又驅車穿過敵人冰雹般飛落的標槍，抓住了殺害兒子的元兇，已成死敵的弟弟米特拉達特斯，親手將其殺死，爲丈夫和兒子報了仇。

最後她來到了陳放自己被殺兒子屍身的屋子，滴下了母親的熱淚，並舉行了安葬禮。

天性的力量是多麼不可戰勝！愛的偉力是何等不屈不撓啊！它們還能做出比這更偉大、更驚人的壯舉麼？貝爾萊尼斯在天性與愛心激勵下，毫無畏懼地拿起武器，不顧一切地衝入了使全亞細亞都畏懼的大群士兵中，殺死作惡多端的仇敵。

《聖喬治殺龍》 十六世紀 佛羅倫斯 拉斐爾・桑蒂

奧爾伽酋長之妻
——勇殺姦夫的加拉泰烈女

我們不知道加拉泰人酋長奧爾伽之妻的名字，但這不會使她失去應有的名譽和榮耀。這些蠻族生活在亞細亞的群山裡，閉塞和對異族語言的憎惡，使他們的情況很難為外人所知。然而，上帝卻不容許埋沒這位酋長之妻的剛烈壯舉。

敘利亞暨亞細亞國王安提俄克斯三世被斯奇比奧·阿斯亞提庫斯率領的羅馬人打敗後，羅馬人乘勝追擊，執政官蓋約·曼尼烏斯受命進攻亞細亞。

他首先消滅了沿海附近的敵軍殘部，為擴大戰果，以免使人覺得他指揮無能及戰果不夠顯著，便主動提出率部隊開往遙遠的亞細亞山區地帶。

他首先把進攻的矛頭指向加拉泰人，企圖一舉擊潰他們並佔領他們的領地。加拉泰人是個兇殘野蠻的部族，奧爾伽酋長曾派兵幫助敘利亞國王安提奧庫斯抗擊過羅馬人，並以不斷的搶掠騷擾整個亞細亞。曼尼烏斯便以此為藉口，親率羅馬大軍在山區與加拉泰人展開了激戰。加拉泰人對羅馬大軍的入侵進行了英勇的抵抗。但由於寡不敵眾，武器落後，光靠蠻幹硬拚根本不是羅馬人的對手。加拉泰人見無法取勝，便放棄了城鎮，帶著妻子兒女及財產撤到了山頂上，因為山頂的自然地勢是他們的天然屏障。長於在深山密林作戰的加拉泰人竭盡全力抗擊圍攻的敵軍，曼尼烏斯不得不加強軍力，奮勇衝殺，經多次激戰，終於戰勝了加拉泰人，將他們趕到山坡上殺死。倖存者紛紛投降，承認曼尼烏斯是勝利者。只有酋長和少數部族成員得以脫逃。

被俘的加拉泰人中大多是年齡不同的男女，由一名羅馬軍隊的百

《維納斯與瑪爾斯》
十六世紀 威尼斯
保羅‧委羅內斯

夫長負責看守。在戰亂中酋長奧爾伽的妻子沒來得及脫身，也被羅馬軍隊俘獲。這位百夫長見酋長之妻年輕貌美，頓生邪念，並企圖占有。他忘記了羅馬人的榮譽，不顧她的全力反抗，硬是用暴力強姦了她。被強暴的酋長妻子強忍心中怒火，她決心尋找機會為自己復仇。

為了使被俘的同胞獲釋，加拉泰人便用重金向羅馬人行賄。當那個百夫長向被囚禁的加拉泰人勒索贖金時，酋長的妻子便趁機實施她的計劃。當酋長派人來談贖回自己妻子的條件時她趁機掙脫鎖鏈，跑到僕人一邊吩咐、金子給百夫長。那百夫長立即跟了過去，他的注意力全被金子吸引住了。這時，酋長的妻子用自己部族的語言命令僕人將百夫長擊倒，並立即砍下他的頭。事畢，這女子將百夫長的頭藏在袍下，逃回了自己的部落中。

她見到酋長，向他講述了自己在獄中受辱的情形，將自己帶的那個布包扔在丈夫腳下，表示她用這種方式洗雪了自己蒙受的恥辱。

這位女子頭腦異常清醒，她知道，拼得一死也勝於帶著令人疑慮的名聲回到丈夫身邊。即使被殺，也要討回自己的清白。她懂得，勇敢無畏的冒險，才能證明自己受到玷污的肉體還嚮往著純潔。一位女子的名譽得到了挽救，被惡人毀損的名譽終於失而復得，她的行為證明了自己心靈的高尚。願真正重視、保衛自己可貴貞操的女子們懂得：要表明心地純潔，被奪去貞操後淚水漣漣、怨天尤人，這不夠，還必須在可能的範圍內，以高尚的方式向施暴者復仇。

特提亞
——寬厚明智的名將之妻

特提亞・埃米麗婭（Terta Emilia）之所以聞名，不是因為她出身於血統高貴的埃米利安家族，也不是因為她丈夫是威名遠揚的羅馬大將斯奇比奧，而是她的寬容之心和明智之舉，贏得了廣泛的尊敬與讚美。

斯奇比奧戰功卓著，曾率領羅馬軍隊打敗過強大的迦太基悍將漢尼拔，挽救了羅馬。

斯奇比奧年輕時潔身自好，曾將阿路修斯王子貌美出眾、正值豆蔻年華的未婚妻平安地交還給了王子，還帶回了那姑娘父母交出去的贖金。

但斯奇比奧年邁時，卻陷入了強烈性慾的陷阱，不能自拔。他愛上了一個年輕貌美的女僕，並與她通姦。這樣的事幾乎不可能瞞過自己的妻子，特提亞終於知道了一切。她無疑深受傷害。就一定意義上說，讓妻子感到最無法容忍、甚至最感到恥辱的事情，莫過於丈夫對自己的不忠，而將另一個女子帶上自己的床。應該說，惟有妻子才有權力睡在丈夫的床上。女性是非常多疑的，不知是她們對自己缺乏信心或是過分敏感，丈夫若留心別的女人，妻子馬上便會認為這將損害她應得的那份愛情。誰都知道斯奇比奧與年輕女僕通姦的事，也知道特提亞・埃米麗婭對斯奇比奧所做的事心知肚明。

但面對這對高貴的夫婦沒有人敢於挑明，也沒有人敢去議論，人人都保持沉默。明智的特提亞・埃米麗婭堅忍地承受著，平靜地裝作不知道丈夫的這個過失。不僅如此，這位明智而又頗識大體的女子覺得，若被公眾知道這位征服過許多國王和強大國家的勇士，深被一名女僕的愛慾所征服，實在是件有

損他身分的事情。這位聖徒般的女
子還認爲，僅僅在斯奇比奧的有生
之年保守這個秘密還不夠，還要在
斯奇比奧死後維持和保護他的榮
譽。因此，丈夫去世之後，特提亞
慷慨大度地給了這個奴隸自由，將
她嫁給了自己手下的一名自由民。

　　她這樣做，是爲了消除人們對
她丈夫記憶中的可恥污點，也使那
女子避免了因與主人通姦而蒙受別
人的羞辱。特提亞・埃米麗婭認
爲，透過此舉使那女子日後不致於
去滿足其他男人的非分情慾，那會
使她傑出丈夫當年的激情顯得卑
污。

　　人們的確應懷著敬仰之情，對
特提亞・埃米麗婭的行爲表示讚
美。一方面，她寬厚地、默默地忍
受了丈夫的不忠和對她的傷害；另
一方面，她向自己的對手慷慨地償
還了丈夫對她欠下的孽債。

《海貝的符咒》
十九世紀　英國
但丁・加百利・羅賽蒂

塞穆普羅尼婭
——威武不屈的家族榮譽捍衛者

塞穆普羅尼婭(Sempronia)真可謂生在名門望族。她是提圖斯·塞穆普羅尼烏斯·格拉古的女兒。塞穆普羅尼婭的母親科涅利婭，則是已故羅馬名將大斯奇比奧·阿非利迦努斯之女。塞穆普羅尼婭的丈夫是大斯奇比奧·阿非利迦努斯之孫斯奇比奧·阿米連努斯，他也聲名赫赫，因在戰勝迦太基人的戰爭中發揮了巨大作用，獲得了其祖父的諱號——人稱小斯奇比奧或小阿非利迦努斯。塞穆普羅尼婭還是著名的格拉古兄弟的妹妹。在羅馬暴亂中，塞穆普羅尼婭以高尚的情操和威武不屈的行為，維護並保住了她高貴血統的尊嚴和顯赫家族的地位。

塞穆普羅尼婭的兩個兄弟：一個名叫提比略·格拉古，另一個名叫蓋約·格拉古。兩兄弟是羅馬著名的激進改革家，性情暴戾，因煽動叛逆，製造暴亂被殺。塞穆普羅尼婭也被一位護民官強制帶到百姓面前受審。

當時有個來自皮塞諾區福爾默家族的歹徒伊庫提烏斯，此人幹盡壞事，聲名狼藉，硬說自己是塞穆普羅尼亞的哥哥、死去的提比略·格拉古的兒子，企圖以此欺詐手段玷污和敗壞格拉古家族的聲譽。

在暴民的支持下，一位護民官強迫塞穆普羅尼婭當眾親吻伊庫提烏斯，認他作提比略·格拉古的兒子、她的侄兒，承認並接納他進塞穆普羅尼家來。然而，這位女子卻下定決心，頂著自各方面的巨大壓力，儼然不為所動。四周無知的百姓對她大喊大叫，手握生死大權的護民官對她虎視眈眈。即使君王，面對她此刻的處境也往往不寒而慄。

但塞穆普羅尼婭卻一口咬定哥

哥提比略只有三個兒子：老大年輕時在薩爾迪尼亞從軍時死去；老二在父親死後不久，也死在了羅馬；第三個是遺腹子，還是個由乳母照管的嬰兒。塞穆普羅尼婭意志堅定，毫不妥協，無所畏懼，輕蔑地將伊庫提烏斯推到一邊，無論是脅迫還是命令，都不能使塞穆普羅尼婭屈從，在這種情況下，誰都拿她沒有辦法。護民官們不得不進行更仔細的調查，終於使眞相大白，塞穆普尼羅婭的行爲得到肯定。

　　或許有的人會提出不同的意見，說儘管塞穆普羅尼婭的作爲應受到稱讚，她也只是做了她該做而又能做的事。因爲固執乃是女人的天性，女人對一切事情都固執己見。但如果女人的固執是以事實爲依據，並能頂住不管多大壓力堅持到底，那就應該得到更普遍地讚美。

《記載歷史的西比爾》
十九世紀　英國
但丁・加百利・羅賽蒂

克勞蒂亞
——改變不佳名聲的羅馬女子

克勞蒂亞·昆塔(Claudia Quinta)是位羅馬女子。我們不知道她的家世，也不知道她父母的姓名，她原本名聲欠佳，但卻以格外勇敢的驚人行動，為自己贏得了純潔的美名。

這個女子的特點是特別喜歡打扮自己，她服飾很多，衣著異常艷麗，在眾人面前總是濃妝艷抹。一些貴族女子和比較莊重的已婚女子，都不習慣她的穿著和舉止，視克勞蒂亞行為不規矩，思想不貞。她自己也知道自己的名聲不佳。

那是瑪庫斯·科爾涅利烏斯與普伯利烏斯·塞穆普羅尼烏斯擔任執政官時期，即羅馬人與迦太基人爭奪地中海的第二次布匿戰爭開始後的第十五年。被羅馬人當成眾神之母的俄普斯(希臘神名瑞亞)的雕像被運離派希努斯，送至台伯河口，即將來到羅馬。按照一個神諭

的吩咐，被全體元老一致看做羅馬城最優秀男人的斯奇比奧與所有已婚婦女一道，去迎接那座雕像上岸。

船靠近海岸時，水手們正想讓它靠岸，但那條載著雕像的船卻擱淺了。一群年輕男子抓住船纜，奮力將船拉向岸邊，但勞而無功，那條船就是靠不上岸。人群中的克勞蒂亞像突然受行了某種啟發：她正為自己的不佳名聲感到委屈，何不趁此機會證明自己的純潔，洗清加在自己身上的惡名呢。她走出人群，跪在眾人面前，大聲地向女神求告：倘若神明認為克勞蒂亞是貞潔的，便使她能拖動雕像。

克勞蒂亞肯定自己的祈禱必定應驗，滿懷信心地站起身來，叫人將船纜連在自己的肩帶上，並要所有的男青年閃開，一用力將船輕鬆地拖出了淺灘，一直拖到岸邊。

所有的人都看到了這驚人的一幕，為這個驚人的成功而歡呼。這樣一來，這位參加雕像上岸儀式的女子，以前的行為放蕩之名煙消去散，並從此獲得了純潔的美名。

這一舉動使勞克勞蒂亞如願以償，一改過去的名聲，重新獲得了眾人的尊重。我認為這一舉動的動機儘管純潔，但冒險承擔此類任務並不是頭腦清醒的標誌，更不是十分明智之舉。企圖做出某種超自然的事，以表明自己的行為無可指摘，這念頭更像是在試探上帝，而不像是在洗刷自己身上的不潔污漬。

人們必須按照聖潔的方式生活，按照聖潔的方式行動。這樣的人，上帝便絕不會允許被別人誤認為有缺點。上帝希望人們要有耐心，持之以恆，拋棄自傲，發揚美德。對我們每個人來說，把自己置於上帝的監護下正派地生活，這已足夠了，應當說這重於一切。只要我們行為正派，我們便不必在乎他人對我們有無好評。倘若我們的行為出現不端，我們應該立即改正。這樣的話，無論他人將我們想得多麼惡劣，我們自己也不會去為非作歹，早晚會得到公正的評價。

《向維斯太灶神祈禱神蹟》　十九世紀　法國　列茹克斯

許斯克拉提亞
——被丈夫毒死的忠貞王后

許斯克拉提亞(Hypsicrathea)是本都王國的一位高貴女性，是米特拉達特斯六世的妻子。她具有驚人的美貌，對丈夫忠貞不渝，與丈夫同甘共苦，至死無怨。她的品質實堪讚美，她的名字永放光輝。

當年，米特拉達特斯六世國王與羅馬人進行的那戰爭曠日持久，勝負不分，結局難料。雙方在這場殘酷的戰爭中，都付出了高昂代價。但不管在什麼情況下，許斯克拉提亞一直對丈夫忠心耿耿，是丈夫密不可分的忠實伴侶和得力助手。雖然按照蠻族習俗，米特拉達特斯六世國王還有其他幾個妻子和許多嬪妃，但在他穿越廣闊的疆土時，在他作戰時，或在他渡海出征時，許斯克拉提亞都始終陪伴在丈夫身邊，與丈夫一起歷盡艱險，出生入死。

許斯克拉提亞一刻也無法忍受與丈夫分離。她信不過丈夫身邊的人或僕人的服務，認為惟有她親自侍奉丈夫才最可靠，最令她心。儘管明知困難重重，她還是決定跟隨在丈夫左右，親自照顧丈夫。

在戰場上與丈夫一起同敵人拼殺，女子裝束似乎不適合如此重要的任務，而與一位慣於征戰的國王同行，女子裝束也似乎並不相配。為此，許斯克拉提亞首先把自己打扮得看上去像一個男子漢：她毅然剪掉了大多數女子引以為榮，愛護有加的金髮，戴上了頭盔，遮住了自己美麗的容顏，而且聽任那張臉被汗水、灰塵和鎧甲的鐵鏽污損；她摘掉身上的所有鑽石珠寶，脫去垂至腳面的紫紅長袍，或將長袍剪短至膝，用胸甲遮住她象牙般的胸乳，又將護膝綁在腿上；她去掉金手鐲、摘去戒指和手上的其他貴重

飾物，以便讓手能握緊盾牌，握住長矛；她摘去項鏈，將波斯弩和箭囊掛在頸上。許斯克拉提亞將這一切做得非常徹底，完美無缺，使人們覺得她已從高傲的王后變成了國王麾下一個訓練有素的勇敢士兵。

這些變化或許顯得輕而易舉，但要知道，許斯克拉提亞王后以前一直生活在豪華的王宮，習慣了宮中的安逸和舒適。以王后之尊，一切都有別人侍奉，甚至很少在戶外活動。如今卻徹底改變了以前的生活方式，徹底放棄了養尊處優的奢侈習慣，使自己具有男人般的氣魄，成了一名無與匹敵的女騎手，一名真正的女鬥士。無論酷暑嚴寒，人們都會看見她全副武裝，日夜騎馬跟隨著丈夫，穿越險峻的高山低谷。她的身體已變得十分強壯，有時就寢在光禿的土地上或野獸的洞穴裡，她也安之若素，毫無畏懼。許斯克拉提亞時時處處跟隨著米特拉達特斯六世，無論作戰勝敗，她都陪伴在丈夫身邊，成了丈夫的助手和謀士。

許斯克拉提亞使自己做到了能毫不畏懼地目睹戰傷與殺戮，親眼看到了在戰鬥中自己射出的箭和敵人流出的血。她鍛鍊自己的耳朵聽到戰馬嘶鳴、士兵喊叫和刺耳號角而不驚，而以前她的耳朵卻習慣於聆聽動聽的歌曲和優美的音樂。許斯克拉提亞承受了連優秀的士兵都難以忍受的困苦，但她的丈夫還是被龐培率領的羅馬軍隊擊敗了。

她只得跟隨疲憊不堪的米特拉達特斯六世國王敗退。他們與幾個部屬一起，穿過亞美尼亞森林，經過本都的隱蔽處，置身於野蠻人當中。她時時鼓勵沮喪的丈夫燃起希望，聚集力量重新戰鬥。她有時以歡娛安慰丈夫，她知道丈夫渴望那些歡娛，使這位國王無論在荒野上何處藏身，都猶如回到了自己的寢宮，都能得到妻子溫柔的照料。許斯克拉提亞使丈夫得到了極大的慰藉，使得丈夫重新振作精神，找回了失去的勇氣。充滿愛情的心胸，是夫妻恩愛的神廟，是取之不盡的力量之源。這聖潔的愛情使這位女

子多麼有力，多麼堅強。很少有哪位妻子能為丈夫忍受這麼大的艱辛。前人對許斯克拉提亞優秀品質的讚頌，後人對此也應深深銘記。然而，這世上難得的傑出女子卻從未從丈夫那裡得到與她艱苦的努力和無比忠誠的回報。米特拉達特斯年邁後，變得乖戾殘暴，在一次震怒中殺死了自己的親生兒子。後來，由於羅馬人大軍進逼，這位國王不得不撤退到了自己國內，最後退入了自己的王宮。

《風中的玫瑰》
十九世紀　英國　弗蘭克・狄克斯

許斯克拉提亞在宮中想出種種計策派使臣聯絡各個部落，包括一些遠方部族，鼓動他們起兵與羅馬人作戰，企圖利用他們為自己解圍，但毫不奏效。終於被自己的另一個兒子法那西斯起兵圍住了王宮。法那西斯的反叛，是由於父王米特拉達特斯六世的殘暴已經轉向了他的子女和友人。

米特拉達特斯六世知道自己眾叛親離，也知道巧言哄騙對法那西斯不起作用。他意識到自己末日將至，但不願讓許斯克拉提亞比他活得更久。他便將許斯克拉提亞與其他妻室和幾個女兒一起毒死了。許斯克拉提亞以前曾為丈夫付出了那麼多艱辛，曾給予丈夫那麼多幫助，最後竟死於丈夫手中。這樣的結局確實令人感嘆，但米特拉達特斯六世這個忘恩負義的行為，絲毫不會減損緒絲克拉提亞應得的榮耀。

她的肉體雖因死於非命，但她的光輝名字和感人功績卻被載入了神聖的史冊，將永遠與我們同在，永遠不被泯滅。

塞穆普羅尼婭
——淫邪貪婪的迷人才女

塞穆普羅尼婭(Sempronia)(她與我們前面介紹過的那位塞穆普羅尼婭同名,但不是一個人)是個非常著名的羅馬女子。她有個好丈夫,還有子女,但關於她丈夫和子女的情況我們知道的不多。

塞穆普羅尼婭以出身和美貌特別是超群出眾的智力和才藝在羅馬人中聞名。但不幸的是,她的這些優點和獨具的才華,卻沒有為她贏得美好的聲譽,反而趨向邪惡,下場可悲。聰明過人、乃至無論耳聞目睹別人做什麼,只要她感興趣,就能馬上領會,即可模仿,幾可亂真。她通曉拉丁語和希臘語,能非常熟練、隨心所欲地用這些語言做出詩文。而她所寫的詩文並不像一般女子之作,頗有見地,讀者無不讚賞。她的知識超越了許多博學多聞的男子。

她善於辭令,善於演講,口才雄辯有力,引人入勝,她能按照自己的意願,調動聽者的情緒,或妙語連珠,引人發笑;或激起色欲,使人去做可恥勾當。不僅如此,塞穆普羅尼婭講話時還極為投入,無論什麼話題,從她的嘴裡講述出來都會充滿機趣,富於魅力,使人百聽不厭。

她還懂得如何以優雅的方式歌唱,她的舞跳得也相當出色。

她具備的這些本領若能被用於正道,本可以成為一位值得推崇的優秀女子。

然而,塞穆普羅尼婭卻全用在了最惡劣的為非作歹之中,她給自己的這些技能派上了截然不同的用場。她的不安分天性促使她做出的那些醜事,即使對男子來說,也應受到嚴厲譴責。跳舞歌唱都是滿足感官刺激的手段,塞穆普羅尼婭便進一步利用這些手段去滿足淫慾。

她全然不顧女子的名譽，將許多男人當作滿足自己色慾的獵物。

　　不僅如此，塞穆普羅尼亞還渴望得到財富。爲了得到財富，她採用種種不光彩的辦法賺錢，再將所得揮霍在一些邪惡的奢侈上。結果，她既無法控制自己的貪婪，也無法約束自己的揮霍。逐漸形成了惡性循環。

　　我們不妨用塞穆普羅尼婭的一樁惡行概括她的全部罪惡。它發生在洛修司‧卡提林發動那場叛亂的緊急關頭。爲了摧毀羅馬共和國，卡提林依靠邪惡的詭計和日益增加的黨羽，不斷擴大自己的反叛勢力。塞穆普羅尼婭這個惡毒女人，爲了在更大範圍內滿足自己的淫慾，自願加入了陰謀叛亂者的行列。

　　她將家中最隱秘的房間提供給那些卑劣的陰謀家，讓他們在其中策劃陰謀，實施暴亂。但是，上帝反對罪惡。熱誠正直的羅馬元老院領袖西塞羅揭露並挫敗了陰謀家的詭計。卡提林敗走佛羅倫斯城不遠

《約瑟與波提乏之妻》
十六世紀　義大利　雷尼

的非索勒時，塞穆普羅尼婭的幻夢也成了泡影，與其他參與叛亂者一同被處死了。

　　我們可以讚揚她的智能，甚至爲此而推崇她，並爲她惋惜。但同時，我們卻要譴責她用自己的智能去作惡。塞穆普羅尼婭給自己的臉上塗抹了太多的淫邪污點，這使她蒙上了恥辱的惡名。她若始終讓自己的行爲審愼檢點，本來是可以獲得很多榮耀的。

珀提婭
——以死殉夫的名人之女

珀提婭(Portia)是羅馬將軍馬科斯‧加圖的女兒。她的丈夫是羅馬貴族德西烏斯‧布魯圖斯。當時的羅馬終身獨裁官凱撒擊敗了反對他的羅馬第一執政官龐培。珀提亞的父親忍受不了凱撒的專權，率領龐培的殘餘軍隊從埃及穿過灼熱的利比亞沙漠，到達阿非利加省後，又被凱撒擊敗，在迦太基城西北的尤蒂卡自殺。

珀提婭嫁給了德西烏斯‧布魯圖斯時，她父親尚在。凱撒粉碎了龐培的追隨者之後，極欲稱王，遭到了一些人的反對，珀提亞的丈夫德西烏斯‧布魯圖斯也參加謀殺凱撒的陰謀。

珀提婭是非常出色的女子，充分繼承了父親的勇敢和堅忍，對丈夫的愛情誠摯而純潔，丈夫在她的心中佔據著頭等重要的位置。在緊要關頭，她胸中的聖潔愛火燒得更為熾烈。布魯圖斯深知珀提亞為人正直，便向妻子透露自己參與謀刺凱撒的秘密。凱撒遇刺的前一天夜裡，布魯圖斯準備離家去實施計劃，剛要離開臥室，珀提婭拿出一把理髮匠用的剃刀，自己修剪指甲。

她假裝失手，故意將自己割傷。在場的幾個女僕見珀提婭血流如注，以為傷勢嚴重，便大叫起來。布魯圖斯見狀，心疼地責怪珀提婭未讓理髮匠為她修指甲。

珀提婭吩咐僕人出去後，便告訴丈夫：「我方才做的事情，並不像你所想的因為大意，我想通過此舉看看：倘若你們的計劃並未像你希望的那樣獲得成功，我是否有勇氣用匕首自殺，是否能承受死亡。」

陰謀者完成了他們的那樁罪行，布魯圖斯也成了謀刺凱撒的兇

手，事情的結局也並不像他們預料
的那樣，他們被元老院的其他議員
判爲叛國者，被迫逃亡。

　　布魯圖斯與同謀者卡西烏斯等
人逃到了東部，聚集了一批黨羽，
對抗凱撒的繼承者屋大維和安東
尼。

　　屋大維和安東尼率軍向叛軍發
起進攻，在馬其頓古城腓力比展開
激戰。布魯圖斯與卡西烏斯的黨羽
被擊潰，紛紛逃跑，布魯圖斯也被
殺死了。

　　珀提婭聽到這個消息，痛不欲
生。她要以死殉夫，以死明志。她
決定以昔日忍受剃刀傷口的那種勇
氣去面對今天的死亡。可是，手邊
又無任何有效器具可用來自殺，而
此時的珀提婭一分鐘也不願拖延，
於是，她毫不猶豫地順手抓起幾塊
燒紅的煤塊，放入口中，吞了下
去。煤塊燒毀了她的內臟，生命離
開了她的軀體。

　　毫無疑問，這種非同尋常的死
法，更使這位剛烈女子忠於丈夫的
名聲廣爲傳頌。

《挎水果藍子的羅馬女子》
十九世紀　法國　索米諾斯克

庫里婭
——保護丈夫的羅馬女子

庫里婭(Curia)是羅馬女子。她在羅馬的非常時期，冒著極大風險保護丈夫的生命安全，使丈夫免遭各種苦難。她以非凡的堅忍與絕對的忠貞成了婦女們的一個出色典範。

在凱撒、龐培、克拉蘇三巨頭在羅馬共同執政的政治動盪時期，他們曾下令在羅馬張榜公布違法者的名單，聲言要給這些人最嚴厲的懲處。名單上有許多人，其中便包括庫里婭的丈夫盧克萊修。

在這種令人恐怖的氣氛中，名單上的人紛紛逃亡，有的躲避於偏僻的山區，有的跑到羅馬的敵人那裡。庫里婭面對恐怖毫不畏懼，毅然把丈夫盧克萊修留在羅馬城裡自己的家中，留在了他們結婚的住所裡。庫里婭勇敢機智忠實地保護著丈夫的安全，如同把丈夫保護在自己溫暖的胸懷裡。除了一名忠誠可

靠的女僕，任何親友都不知箇中秘密，更不知底細。可想而知，為了隱瞞真情，造成丈夫下落不明的假象，庫里婭不知要承受多少疾苦磨難，忍受多少屈辱痛苦。她為此要處處小心，往往要在眾人面前身穿舊衣、邊幅不整、一臉悲傷、雙眼含淚、時時發出心痛欲碎的嘆息，有時還要裝出一副神志恍惚的癲狂模樣。為進一步迷惑別人，庫里婭彷彿神志不清地在城中奔跑，到神廟去禱告，又到廣場上遊蕩，用顫抖的聲音向友人和過人打問：可曾見過她的盧克萊修?可知道他是否還活著?可知道他逃到了什麼地方?和什麼人在一起？

她還說，她最大的希望是與丈夫一起逃亡，分擔丈夫的厄運。她要去尋找自己的丈夫，但不知怎樣才好。庫里婭為保護自己的丈夫、隱瞞好丈夫的藏身之地、使別人對

她丈夫的逃亡深信不疑、需要花費多大心思、付出多少精力和體力？

　　我們不知道庫里婭用什麼辦法，使那女僕如此堅定地和她一起保護主人；我們更不知道，她用何種方式安慰和鼓勵丈夫，消解他的焦慮，紓解他的壓力，喚起了他的希望。當其他人飽受放逐之害，面對荒涼的群山、洶湧的大海，經受狂風暴雨、飽嘗蠻族虐待和出賣，面對敵人的殘暴迫害，面對時時迫近的各種危險之時，唯有盧克萊修平安無事、處在愛妻雙臂的保護之中。以此聖潔智慧之舉，使庫里婭獲得了不朽的名聲。

《摩爾人的浴室》
十九世紀末　法國　讓-萊昂·熱羅穆

霍坦西婭

——仗義執言的演說家之女

霍坦西婭(Hortensia)是著名演說家昆圖斯‧霍坦修斯之女。弍圖斯‧霍坦修斯是大名鼎鼎的演說家，在羅馬人中享有崇高聲譽。

霍坦西婭不但繼承了父親的雄辯口才，而且保留了父親強有力的演講風度。在當時的情況下，連學識甚高的男子都不具備那種才幹。

羅馬三巨頭——凱撒、龐培、克拉蘇執政時期，女子承擔著幾乎無法承擔的沉重稅賦，被壓得簡直喘不過氣來。但在當局的高壓下，誰都不敢為女子所受的這種不公正對待仗義執言。唯有霍坦西婭大膽無畏，挺身而出，在羅馬市民大會上，她以從容不迫的風度和雄辯的口才提出了極為有力的申訴，使聽眾大為讚賞。人們以為她已不再是位女性，猶如她父親霍坦修斯復活了一般。

在她演說的每個部分，都提出了證明自己見解正確的證據，順理成章，合情入理。執政官們聽取了她的演講後，不得不接受她的觀點和看法，同意了她提出的全部要求。他們不得不承認，那些賦稅中有半數以上應予免除。執政官們還不得不承認，儘管當眾沉默不語是女子堪稱嘉許的品德，但在必要時，以文雅有禮的語言表達見解也應當受到讚揚。自此以後，羅馬當局減輕了女子們的稅賦，而她們交納所剩不多的稅賦便成了易事。

為民請命，為民謀利，為公眾伸張正義，霍坦西婭就是這樣使她的古老家族的精神發揚光大的。因此應當說，她無愧於霍坦西婭這個名字。

蘇皮蒂婭
——與丈夫患難相守的反叛者之妻

蘇皮蒂婭(Sulpitia)是蘭圖魯斯‧特路塞里的妻子。她對丈夫的愛幾乎與含辛茹苦保護丈夫安全的庫里婭不相上下，因而贏得了不朽名聲。

在三巨頭——凱撒、龐培、克拉蘇統治羅馬鎮壓反叛的那場動亂中，蘇皮蒂婭的丈夫蘭圖魯斯被執政官列入了反叛者名單，即將受到嚴懲。

他匆忙逃離羅馬，跑到了義大利的西西里島，過著貧病交加的流亡生活。蘇皮蒂婭一聽到這個消息，便下決心去尋找丈夫，她決心與丈夫同呼吸，共命運，同甘共苦。她覺得妻子能與丈夫共渡幸福時光、共享愉快和榮譽，而在丈夫危難時，卻逃避與丈夫共同承受厄運，是極不應該的。

然而，蘇皮蒂婭要與丈夫共命運卻並非易事。為防止女兒跟隨蘭圖魯斯流亡，她的母親朱麗婭想方設法對她嚴加監視，但是，真正的愛情卻能逃過一切阻攔。蘇皮蒂婭去意已決，她抓住時機，扮作奴隸，騙過了母親和其他看管者，帶了兩名小女僕和兩名年輕奴隸，離開了故鄉和家園，去尋找流亡中的丈夫。

她們吃盡千辛萬苦，穿越義大利兇險的大海和群山，到達不為人知的地區，尋找丈夫秘密逃亡的隱約蹤跡。她終於如願以償找到了丈夫，從此一直陪伴在他身邊，一起承擔各種艱難困苦。蘇皮蒂婭認為，與不幸的丈夫一起經歷他生命中的艱險，比留在家中安享舒適寧靜，讓丈夫獨自在流亡中掙扎，更能體現夫妻之間的真正感情。她的行為確實表明了她高尚的情感。蘇皮蒂婭雖身為女流，但更具有男子漢的勇氣和智慧。

　　從中可以看到，女子不應該只會用黃金和珠寶打扮自己；不應該只會醉心於華麗的衣著；不應該只會放縱自己，在自己的小天地中盡情享樂；不應該只會要求男人愛護，躲避夏天的烈日和冬天的冷雨。

　　一旦環境變化，妻子必須與丈夫一道，勇敢地承受艱險、流亡和貧困。做不到這一點的女人，便不是合格的好妻子。對她們來說，這如同是一場戰鬥，以美德、堅忍及純潔心靈，去戰勝安逸奢華和瑣屑的家居生活，這便是她們的榮耀戰績，她們的最後勝利。

《鬥雞的希臘人》十九世紀末 法國 讓-萊昂‧熱羅穆

科尼菲克拉
——芳名永存的女詩人

〈放逐中的但丁〉
十九世紀 英國 弗爾德里克‧雷頓

科尼菲克拉(Cornificia)究竟是羅馬女子還是別國女子，古代史料找不到詳盡的記載，但無論如何，這個非凡的女子仍非常值得紀念。在羅馬共和國後三巨頭執政官之一，後成為羅馬帝國第一位皇帝的屋大維統治時期，科尼菲克拉詩名甚廣，久享盛譽。以致人們說，她不是喝義大利的乳汁長大的，而是喝了獻給文藝女神繆斯的卡斯塔里山的泉水長大的，因為只有這山的泉水，才能賦予飲者詩才和靈感。

在當時，她的聲譽與同時代的著名詩人、也是她的兄弟科尼菲修齊名。科尼菲克拉才華出眾，文思泉湧，如同受到了繆斯女神的啓發，使她能以博學之才寫就了無愧於繆斯所在的赫利孔山的詩作。

科尼菲克拉不去從事一般女子所從事的例如紡織等工作，而寫出了許多值得銘記的奇詩雋語。她的詩作一直到三、四百年後，即把希伯來文譯成通俗拉丁文的大師聖哲羅姆時代，依然為人們所尊重。聖哲羅姆本人就證實過這一點。但不知那些詩文此後是否繼續流傳。但不知那些詩文是否據續流傳。科尼菲克拉沒有浪費大自然賦予她的能力。她的才華和刻苦，超越了自己的性別，並通過卓越的奮鬥，以卓絕的成就為自己贏得了罕見的不朽名聲。

瑪麗安
——因丈夫嫉妒而被處死的絕世美女

希伯來女子瑪麗安可謂身世顯赫。父親是猶太王阿利斯托布，母親是許耳坎努斯國王的女兒亞歷山德拉。她的丈夫是繼任的猶太王希律，希律王也是原猶太王安提帕斯的兒子。瑪麗安的美貌世所罕見，聞名遐邇。當時人們都認為她比世上的所有女子更美，將她喻為女神而非凡人。

這種看法連當時各國的最高統治者羅馬執政官馬克‧安東尼都表示贊同。這事的起因是，瑪麗安有個親兄弟名叫阿利斯托布，與她年齡相仿，相貌也非常出眾。

他們的父王阿利斯托布去世後，亞歷山德拉急於想讓瑪麗安的丈夫希律同意她的兒子擔任大祭司職務。由於希律王憎恨阿利斯托布斯，他便想通過地位至高的羅馬執政官替她說話。經朋友蓋尤斯設計，亞歷山德拉將這對子女的肖像送給了當時還在埃及的安東尼。那肖像出自繪畫高手，畫在一塊木板上，非常逼真。安東尼十分好色，這個計劃就是想討好他，勾起他對瑪麗安和阿利斯托布斯的愛慾，使他能批准亞歷山德拉的請求。

安東尼一見那幅肖像畫，驚嘆地佇立良久。接著說：從美貌上看，這二人一定是神的子女。還發誓說，無論在什麼地方，他都從未見過與他們媲美的人，更不曾見過誰的美貌在他們之上。

瑪麗安雖以前所未聞的美貌著稱，但她的性格力量卻比她的美貌更為著名。當她年屆婚齡後，不幸的厄運使她嫁給了猶太王希律。瑪麗安的絕色美貌使希律王心中感到無比自豪，因為世界上唯有他才是這位天仙般美女的主人。

他憂心忡忡，害怕瑪麗安活得比他命長，自己死後會有另一個男

人像他那樣享有這份艷福。他有兩次離開瑪麗安，第一次安東尼殺死了瑪麗安的兄弟阿利斯托布斯，為保護自己免遭報復，安東尼將希律王召到了埃及。

第二次是在安東尼死後，希律因曾為他提供後備軍對抗大皇帝屋大維，而不得不到屋大維那裡為自己開脫。這兩次離開，希律王都曾吩咐母親塞普里娜和幾個朋友：倘若他死於安東尼或屋大維之手或遭到其他意外，便立即將瑪麗安殺掉。在其他事情上一向清醒的希律王，被自己製造的妄念折磨到如此地步，懷有如此瘋狂的想法，真是太荒唐了。

瑪麗安終於發現了希律王暗中安排的這件事情。她心中早對希律王充滿了不共戴天的仇恨，因為她想到自己的兄弟阿利斯托布本不該死，而希律卻去幫助殺弟弟的仇人。加之她知道希律之所以愛她，完全是為了享受她的美色，進而發展到兩次企圖無端地致她於死地，便越發忍無可忍。

她為希律王生下了兩個漂亮的兒子：一個名叫亞歷山德爾，另一個叫阿利斯托布，與她的弟弟同名。儘管有了孩子，她依然無法抑制對希律的仇恨。她古代高貴祖先的全部精神彷彿都在她身上復活了。她終於拒絕與迷戀她的丈夫同床共榻。她蔑視希律，舉止高傲，毫不在意希律王的權力。

希律王幾乎無法忍受這些，但他對瑪麗安的愛卻使他無法用殘忍的手段報復妻子。這種情形終於惡化了。希律王的母親塞普里娜和姊妹莎樂美都憎恨瑪麗安，她們設下毒計，買通了一名斟酒人，到希律王面前指控瑪麗安。那人誣告說，瑪麗安曾說服他給希律王一杯她親自調製的毒藥，讓他謊稱春藥送給希律王喝下，使其中毒死亡。但另一些人則說，瑪麗安的罪過是：她對希律王產生仇恨之後，曾主動派人將自己一幅美麗的肖像送給安東尼，以激起他的慾望和對希律王的仇恨，從而殺掉希律王。

希律王相信了這些說法，也相

信那是出於瑪麗安對他的敵意。他萬分惱火，怒不可遏，下令審判並處死了妻子瑪麗安，藉口是她謀反。

心胸高傲的瑪麗安具有無比高貴的精神。她不像通常的女人那樣，為自己申辯哀告，乞求活命。她蔑視死亡，面帶尊嚴，默默聽著婆婆對她的指責，眼中毫無淚水。面對那些嗚咽抽泣的旁觀者，她表現得勇敢無畏，甚至有些急切地走向死亡，從容引頸就戮，彷彿去參加歡樂的凱旋，宛如那是她渴望已久的事情。

瑪麗安的鎮定自若令人讚嘆不已。它不僅將一個殘忍國王的嫉妒變成了自己的苦難，而且使瑪麗安的名字流芳百世。即使沒有那次誣諂，也比希律王允許她活的歲月不知要長久多少。

〈離開希律王王廷的瑪麗安〉
十九世紀末 英國
約翰‧威廉‧沃塞豪斯

克麗奧佩特拉
──貪婪、殘忍、淫蕩的埃及艷后

克麗奧佩特拉七世(Cleopatra)是舉世皆知的埃及艷后。她美貌絕倫，舉世無雙，曾是叱吒風雲、權傾一時的埃及法老。

據說，克麗奧佩特拉是馬其頓的部將托勒密的後裔，是托勒密狄奧尼修的女兒。托勒密是拉勾斯之子，曾是埃及法老。雖然，克麗奧佩特拉出身顯貴，卻完全是靠邪惡手段才繼承了埃及王位的。除了祖先的榮譽與美貌之外，克麗奧佩特拉本人並無真正的驕人之處，相反，她的貪婪、殘忍和淫蕩，卻屬舉世罕見。

我們先從她繼承王位之初說起。有些史料說，狄奧尼修本與羅馬人十分友好。在羅馬大統帥獨裁官的尤里烏斯·凱撒第一次擔任執政官時期，狄奧尼修法老去世後，臨終前要長子(史料說他名叫薩尼倪亞斯)娶其長女克麗奧佩特拉為妻，並讓兩人在他去世後共同治理埃及。

法老死後，他生前的這個願望終於實現了，娶姊妹做妻子雖說有悖世間常理，卻是當時埃及人的普遍做法，而習俗只是禁止娶母親或女兒為妻子。

克麗奧佩特拉與弟弟成婚後，開始共掌王權。但野心勃勃，利欲熏心的克麗奧佩特拉對此並不甘心，便毒死了這個十五歲的無辜少年，從而獨攬了埃及王國的大權。

當時羅馬統帥、第一執政官、偉大的龐培幾乎征服了包括埃及在內的整個亞細亞和北非。龐培到達埃及後，讓克麗奧佩特拉與另一個活著的兄弟托勒密接替已死兄弟的位置，做了埃及的國王。

克麗奧佩特拉失去了獨攬的大權，對此極為惱火。為掃清障礙，便起兵進攻托勒密。當遠征的龐培

在希臘色雷斯王國被擊潰，並被殺死在埃及海岸之後，埃及國內還上演著這場爭奪王位之戰。因此，當凱撒繼龐培之後，來到埃及時，正趕上這兩個王室後代在自相殘殺。

為了穩定埃及局勢，凱撒命令這兩個人到他面前申訴各自的道理。生性惡毒、極度自負的克麗奧佩特拉，聽說凱撒要見她，便喜出望外地帶著華麗的宮廷儀仗與之相會。

她以為，若能引誘這位世界的征服者凱撒，使他渴望得到她，便會有機會贏得埃及的王位。她的確非常美麗，只要願意，便能依靠閃爍的雙眸和誘人的談吐俘虜任何男人。

因此，克麗奧佩特拉幾乎沒有遇到什麼困難，便將這位好色的君王帶上了她的床。這個妖冶的女人在亞歷山大城人的一片罵聲中，與凱撒同住了許多個夜晚，並懷了凱撒的兒子，後來還為這個兒子取了他父親的名字，叫凱撒里奧。克麗奧佩特拉以此博得了凱撒的歡心，

得到了凱撒的信任。

克麗奧佩特拉的兄弟、年輕的托勒密被凱撒釋放後，心中不服，便命令追隨者們去進攻凱撒。他率軍趕到了尼羅河三角洲，去迎擊前來援助凱撒的伯迦姆王國的米特拉達特斯，萬萬沒想到的是他被沿著一條路先行到達的凱撒打敗了。托勒密企圖乘一艘小船逃走，因匆忙登船的人太多，使船沉沒，托勒密被淹死了。

凱撒鎮壓了埃及人的起義，迫使亞歷山大城人投降，準備揮師進攻支持龐培的本都國國王法那塞斯。出發前，凱撒將埃及王國交給了克麗奧佩特拉，作為對他們共度良宵的補償，也是回報她的情愛。

克麗奧佩特拉終於得到了一心想要的埃及王位。然而，凱撒對這個女人畢竟有些了解，他對她早存有戒心。於是，他將克麗奧佩特拉的妹妹雅西娜帶在身邊，作為人質，以防止克麗奧佩特拉發動反對他的新叛亂。她親手毒死了自己的一個兄弟，又賣身投靠凱撒，除掉

了另一個兄弟，憑這兩樁罪行，克麗奧佩特拉登上了埃及法老的寶座。

她大權獨握，恣意放縱感官享樂。可以說，她成了東方國王當中的妓女；她極其貪戀黃金和鑽石，不斷以詭計從情夫們那裡獲取這些東西，還瘋狂地掠奪各個神廟和祭祀聖所，將埃及人的器皿、雕像和其他珠寶搜刮一空。

後來，凱撒被謀殺。謀殺他的是羅馬貴族布魯圖斯和卡西烏斯，被羅馬執政官馬克‧安東尼擊敗之後，為了投靠新的後台，克麗奧佩特拉便去見正向敘利亞進軍的安東尼。她故伎重演，以她的美貌和淫蕩目光，輕而易舉地征服了這個好色的男人，並使他一直苦苦地迷戀著她。為排除異己，除掉所有威脅她統治的人，她又將鋒芒指向自己的妹妹雅西娜，當雅西娜在以小亞細亞西部依菲蘇地區月亮女神黛安娜神廟裡避禍時，克麗奧佩特拉慫恿安東尼將其殺害。她的這位新情夫犯下的這樁罪行，是二人通姦的

第一批果實。接著，這個邪惡女子因已深知安東尼的為人，便放肆地向他索要敘利亞和阿拉伯。在安東尼看來，這個要求似乎太過分、太不恰當了，他感到十分為難。但為了滿足他所愛的這個女人的願望，他還是將這兩國的各一小部分贈給了克麗奧佩特拉，外加敘利亞的一些沿海城市，而只給自己留下位了於迦太基的阿泰爾和塞西頓兩座城市。

克麗奧佩特拉獲得這些土地之後，便跟安東尼一路與亞美尼亞人作戰，一直來到了幼發拉底河。安東尼戰敗後，克奧佩特拉便離開了他，她打算穿過敘利亞回到埃及。在敘利亞，這位埃及女王受到了猶太國王希律(即希律‧安提帕斯之子)的慷慨接待。克麗奧佩特拉惡習不改，故態復萌，不顧羞恥，透過幾個皮條客去慫恿希律與她私通。

她的目的是，倘若希律接受了這個提議，她便能獲得他作為禮物回贈的猶太王國，而那是希律不久

前依靠安東尼的幫助才收復的。然而，希律卻拒絕了克麗奧佩特拉的引誘，這不但是出於對安東尼的尊重，也為了不使這位恩人因一個如此放蕩的女人而蒙受恥辱。

特別是當希律識破了她的詭計是圖謀他的王國後，怒火中燒，打算用劍親自殺掉這個可恥又可惡的女人，但朋友們勸阻了他。

克麗奧佩特拉沒有達到自己的目的，便離開了敘利亞，回到了埃及。

安東尼被帕提亞人擊敗後，也回到埃及，派人去找克麗奧佩特拉。安東尼此前透過背信棄義的手段，俘虜了亞美尼亞國王、已故提戈拉涅斯國王之子——阿爾塔瓦司德，還有他的孩子和臣屬。這位國王的大量財寶都被安東尼奪去了。

現在，這位被俘的國王和他的孩子、臣屬被用銀鎖鏈鎖著，拖在馬後，一路被驅趕著被押往埃及。克麗奧佩特拉到來後，好色而又意志薄弱的安東尼為重修舊好，便將這個國王的全部裝束連同所有戰利品，統統送給了她，以求貪得無厭的克麗奧佩特拉投入懷抱。

得到這些禮後，這個貪婪的女人非常高興，便去擁抱這位摯愛著她的情人。安東尼的妻子名叫奧克塔維婭，是凱撒的繼承人、羅馬後三巨頭執政官之一的屋大維的姊姊。克麗奧佩特拉，使安東尼與妻子離了婚。他將全部愛情都給了克麗奧佩特拉，並娶她為妻，兩人正式結婚。

安東尼和克麗奧佩特拉婚後的生活無比奢華。縱使人們不提名貴珍稀的阿拉伯油膏和示巴女王香料，不提安東尼這個饕餮之徒享用的無數盛宴，單說在一天晚餐前吃厭了各種山珍海味的安東尼，當問到除了每日的菜餚之外還有何美食時，克麗奧佩特拉開玩笑地答道：只要願意，她一頓晚餐便能花掉一千萬塞斯特。安東尼認為那不可能，但又渴望品嘗那樣一頓晚餐。於是，兩人便開始打賭，並叫來羅修斯·普蘭庫斯做裁判。

次日，安東尼見食物的品種並

《克麗奧佩特拉的毒藥》
十九世紀末 法國
亞歷山大・卡巴奈

未超出通常的範圍，便開始嘲笑克麗奧佩特拉的許諾。克麗奧佩特拉不語，立即吩咐侍者上第二道菜。侍者們照事先得到的吩咐端上了一只盛著烈醋的高腳杯。克麗奧佩特拉接過這只高腳杯後從自己耳上取下一只耳環，那是一顆價值無比的珍珠，溶在醋裡，一飲而盡。她又從另一隻耳朵上取下另一顆同樣珍貴的珍珠，打算照樣喝下去。這種任意揮霍、暴殄天物的舉動，令在場的人大吃一驚。羅修斯・普蘭庫斯連忙宣布安東尼輸了。由於這女王的獲勝，第二顆珍珠才未被喝掉。後來，那顆珍珠被分成兩半，帶到了羅馬，放在了著名愛神維納斯雕像的耳朵上。在很長一段時間裡，它一直使祭拜和參觀者們親眼目睹了克麗奧佩特拉的半頓晚餐。

這個欲壑難填的狂妄女人對其他王國的貪求與日俱增，終於達到了頂點。為了滿足自己的全部占有慾望，一次在安東尼喝醉後，她竟向安東尼索要羅馬帝國，就好像它是安東尼手中的一件禮物可以隨意送人。當時安東尼的頭腦並不完全清醒，便發誓將羅馬帝國贈給克麗奧佩特拉。他既未考慮自己的力量，也未考慮羅馬人的力量，更沒有考慮這能否辦到。愛情和美酒沖昏了他的頭腦。

可以想見，提出這個要求的女人與答應這個要求的男人，是何等愚昧，何等荒謬。克麗奧佩特拉的厚顏無恥與安東尼的愚蠢可笑，同樣令人震驚。這個女人私欲膨脹，

忘乎所以，想把世上最偉大的國家據爲己有，如同索要一件玩具一般。而安東尼又是何等慷慨，他不假思索就立即答應了這個貪心女人的要求，當場就把羅馬帝國送給了克麗奧佩特拉，如同送一座房子那樣簡單。而經過許多個世紀的艱難困苦和浴血奮戰，整個民族都付出了生命的代價，創造了眾多的高尚功績的羅馬帝國才剛剛建立不久。

安東尼與屋大維的姊姊奧克塔維婭的離婚，似乎已在屋大維與安東尼之間播下了仇恨的種子。致使雙方集結軍隊，最後終於兵戎相見。

安東尼與克麗奧佩特拉耀武揚威地率領其鍍金的船隊，揚著紫色的船帆來到了瀕臨愛奧尼亞海的希臘伊庇魯斯海灣。

在開戰不久，他們即被屋大維的軍隊擊敗，只得撤回到船上。安東尼的軍隊隨即也乘船到了臨近的阿拉摩西斯，準備在那裡與屋大維進行海上決戰。屋大維和他的女婿阿格里帕斯頓揮師進攻安東尼，用龐大的艦隊發起了勇猛的攻勢。

這場殘酷的戰鬥開始勝負難分，打到最後，安東尼的軍隊終於支持不住，打算投降了。高傲的克麗奧佩特拉第一個逃上了自己的鍍金戰船，帶著另外六十艘隻船準備逃跑。安東尼也馬上降下自己的旗艦的帥旗，跟著克麗奧佩特拉一起敗逃。回到埃及後，兩人將他們所生的孩子們送到了紅海上，然後調集殘部，準備保衛王國。

得勝的屋大維一邊勸說安東尼和克麗奧佩特拉投降，一邊在無數次勝仗中大量消滅這兩人的軍隊。直到走投無路的最後關頭，安東尼和克麗奧佩特拉才乞求和平，但遭到了屋大維的拒絕。身處絕境的安東尼走進皇陵，拔劍自刎了。

亞歷山大城陷落後，克麗奧佩特拉還打算用對付凱撒和安東尼等人的慣伎去引誘屋大維，但這次卻沒有奏效。因爲屋大維早就看透了她。屋大維讓她活下來，準備在凱旋儀上示眾以平民憤。聽到這個消息，克麗奧佩特拉才徹底放棄了求

生獲釋的希望。她穿上了女王裝，準備去追隨他的安東尼。克麗奧佩特拉躺在安東尼身旁，在胸口和乳房上放了幾條毒蛇。昏睡中，這個邪惡的女人結束了她的貪婪、殘忍、淫蕩的一生。屋大維找來擅長醫治蛇傷的醫生去治療克麗奧佩特拉那些充滿毒液的傷口，想讓她活下來，但已太遲了。屋大維後來下令建成了安東尼與克麗奧佩特拉未造完的陵墓，並將二人合葬。

但另一些人肯定地說：克麗奧佩特拉是在更早的時候以另一種方式死去的。他們說，安東尼和克麗奧佩特拉率軍與屋大維交戰，陸上戰鬥失敗後，安東尼越來越害自己會失去了美麗的克麗奧佩特拉的支持，甚至擔心她會反叛自己，動手謀害自己。因此，他在用餐時，不經別人先嘗過，便不吃不喝，同時採取了一些其他防範措施。克麗奧佩特拉察覺到這一點後，便想出了一個計策，想徹底消除安東尼對她的懷疑。

她將毒藥灑在他前一天插在兩

人王冠的花朵上。第二天將這些花朵戴在頭上，然後與安東尼一起嬉笑。兩人興致越來越高，克麗奧佩特拉便將那些花放進杯中的酒裡，請安東尼共飲。安東尼正在興頭上，毫無提防，正要一飲而盡，克麗奧佩特拉連忙用手阻止，說道：「我親愛的安東尼，你要人先嘗你的食物，這種新奇的提防術表明你已不再相信克麗奧佩特拉了。就在方才，倘若我夠心狠，讓你喝下那些花瓣，我本來有機會將你毒死。」安東尼知道了這個由克麗奧佩特拉自己揭穿的騙局之後嚇了一跳，認為對付這樣的女人簡直防不勝防，自己早晚難免一死，不如搶先下手，便將她綁了起來，強迫她喝下那杯她未讓安東尼喝掉的酒。據說，克麗奧佩特拉就是這樣死的。

安東尼婭
——夫死不再嫁的堅貞女子

小 安東尼婭(Antoniaminor)是羅馬三巨頭之一馬克‧安東尼與奧克塔維婭的女兒。她被稱為「小安東尼婭」，是因為她還有個與她同名的姊姊。

安東尼婭的丈夫是羅馬皇帝提比略‧尼祿的兄弟，也是羅馬帝國第一位皇帝屋大維‧奧古斯都的養子，名叫德魯蘇斯。安東尼婭為丈夫生了傑馬尼庫、克勞迪烏斯和里維拉。克勞迪烏斯後來也作了羅馬皇帝。

德魯蘇斯在一次軍事遠征中死在了日耳曼，據說是被他的兄弟提比略皇帝派人毒死的。丈夫德魯蘇斯死後，安東尼婭儘管依然青春貌美，但卻認為高尚的女人只應一生之中結一次婚，她意志堅定，不可動搖，因此誰都無法說服她再嫁。她與婆母莉維亞一起生活，過著十分貞潔而謹慎的生活，其著名的寡婦生活獲得讚譽，超過了羅馬以往所有的已婚女子。為後人留下了一個傑出寡婦的永恆典範。

但時至今日，我們又為什麼極力稱讚、推崇這位具有驚人美貌的年輕女子呢？這是因為她崇尚貞潔，勇敢而堅定地過著獨身生活，亦未懷著未來再嫁的希冀，既不是一時如此，而是直到老死。

我們尤其應該知道，她是羅馬大名鼎鼎、位高權重的馬克‧安東尼的女兒，她並非在鄉間過著與世隔絕的生活，而是置身於王族的安逸奢華中。她的同伴是羅馬帝國的開國皇帝屋大維的女兒朱利婭和羅馬大將屋大維女婿馬科斯‧阿格里帕的女兒朱利婭，她們不斷向安東尼婭煽起情慾的烈火。她隨時都能目睹父親馬克‧安東尼的墮落行為，能看到日後做了皇帝的兒子提比略的邪惡勾當。她生活的那個國

家曾一度崇尚美德，但現在
已經放棄了美德，產生了各
種各樣的可恥行為。她四周
有上千淫蕩放縱的實例。

　　難能可貴的是，安東尼
婭在美醜不分的當時社會和
人欲橫流的環境下，能堅守
信念，獨善其身，比起前人
來，真是有過之而無不及。
我們雖沒有關於安東尼婭真
實情況的文字記載，但她做
的一切應該引起人們的深
思，也許這樣的深思很難用
文字表述。因此，我們只要
將需要思考的東西留給些才智非凡
的人，經過他們恰當的思考再去讚
頌這種德行，便足夠了。

〈沉思的貴族遺孀〉
十九世紀　英國　弗爾德里克‧雷頓

阿格麗派娜
——以死抗暴的非凡女性

阿格麗派娜(Agrippina)是馬科斯·阿格里帕與朱利婭的女兒。朱利婭是羅馬帝國第一位皇帝屋大維·凱撒之女。由於馬科斯·阿格里帕只是位平民，阿格麗派娜的兒子卡利卡拉後來統一天下，成爲羅馬帝國的皇帝之後，厭惡自己出身寒酸的外祖父，聲言他的母親並非阿格里帕之女，而是屋大維的女兒。說屋大維強姦了自己的女兒朱利婭而生下了他。卡利卡拉愚蠢地希望被大家看作是一位母親亂倫所生的兒子，這也比被人看作由一位出身低微的母親所生的合法後代高貴得多。

阿格麗派娜的丈夫是傑馬尼庫。傑馬尼庫是提比略·凱撒的養子，提比略·凱撒當時是羅馬帝國的皇帝，一個出名的暴君。但傑馬尼庫卻是一位出色的青年，與阿格里庇娜年齡相仿，對國家做出過很大貢獻。阿格麗派娜因此而出名，但使她更爲出名的，卻是她的死挫敗了一位傲慢君主，使其背信棄義的行爲公諸於世。

阿格麗派娜爲傑馬尼庫生了三個兒子。皇帝提比略設計毒死了自己的養子傑馬尼庫，這使失去丈夫的阿格麗派娜悲痛萬分，幾乎無法忍受。她接到丈夫的死訊後整日放聲大哭，哀悼自己傑出的年輕丈夫，並嚴厲譴責提比略背信棄義的行爲。她因此換來了提比略的憎恨，他趕到她的寓所抓住她的雙臂，大聲對她責罵，硬說他無法忍受的不是丈夫之死而是怕日後做不成皇后了。阿格麗派娜堅決予以駁斥，提比略便下令將其看管起來，還上元老院對阿格麗派娜提出了許多指控。

這位非凡的女子決心以自殺來證明自己的清白和對這位暴君的抗

議。由於沒有現成的東西藉以自殺，她便做出一個高尚的決定：絕食自盡，並立即開始拒絕進食。提比略一得到報告，這惡棍馬上明白了阿格麗派娜絕食的用意。但無論是威脅還是鞭笞都無法使她屈服，為了不讓阿格麗派娜如此迅速地逃過他的迫害，便下令將食物硬塞進她的喉嚨中。他以為食物無論如何到了她的胃裡，都能對抗她的意思，使她獲得營養，這樣一來，提比略便不會失去他要殘害的對象。

阿格麗派娜被這些屈辱所激怒，她的心更堅定了。她不改初衷地塞了吐、吐了塞、塞了再吐。終於，以死亡戰勝了這個惡名昭彰的皇帝。此舉向世人表明，提比略雖能隨意殺害許多人，但他用盡皇權，卻無法使一個決心赴死的人活下來。阿格麗派娜的死獲得了羅馬人的讚揚，而那殘暴的皇帝卻更加惡名遠播。

〈有柿子樹的大馬士革庭院〉
十九世紀　英國
弗爾德里克‧雷頓

寶蓮娜
──被騙姦的美女

羅馬女子寶蓮娜(Paulina)在提比略皇帝在位時間，以姿容姣好、體態秀美而聞名。結婚以後，除了丈夫之外，她唯一關心的便是侍奉主管死亡的阿努比斯神，祈求神的護佑。阿努比斯是埃及人的神，寶蓮娜對這位神的崇拜無比虔誠，且注意自己的言行舉止，因此人人都把她看作貞潔的出色典範。

一位羅馬青年美杜斯被寶蓮娜的美麗迷住了。他開始熱烈地追求寶蓮娜，先是用眼神、手勢和輕鬆詼諧的話語挑逗，然後是許諾、懇求、贈送禮物和巧語恭維，想得到自己萬分渴望的結果。然而，這一切毫不奏效。寶蓮娜對丈夫忠貞不渝，不爲所動。儘管美杜斯使出種種手段，但最後統統落了空。美杜斯不肯罷休，他知道之所以如此，最大的障礙是寶蓮娜對丈夫的無比

忠誠，便將心思用在了欺騙上。

寶蓮娜每天都要去主管生和死的女神伊西絲神廟，那裡供奉著阿努比斯神，她想用不斷的獻祭贏得阿努比斯神的護佑，意在能爲丈夫生下優秀的子嗣。

美杜斯知道了此事，於是設計了一齣可恥的騙局。爲了達到目的，他找機會接近侍奉阿努比斯神的祭司們，送他們厚禮，求他們幫助他如願以償。

一天，寶蓮娜像往常那樣來到神廟作完了禱告獻祭後，一位年邁而最受尊敬的祭司用寬慰的語氣對她說：阿努比斯神夜裡找到他，吩咐他告訴寶蓮娜說，阿努比斯神很滿意你的虔誠，希望當夜在神廟中與你談話。

聽到了這番話，寶蓮娜便認爲這是她的精誠所致感動了神靈，對那位祭司的話深信不疑。如同親耳

聽到阿努斯比斯神所說一般，心中感到十分自豪。回到家後她將這位神的吩咐告訴了丈夫，她丈夫比這位妻子還蠢，竟痛快地答應了妻子在那座神廟裡過夜。於是，那個聖所裡便準備好了一張配得上那位神明的床，除了那位祭司，誰都不知箇中緣由。

夜幕剛剛籠罩大地，寶蓮娜便走進了神廟。人們都離開後，寶蓮娜也做完了祈禱和獻祭，便在祭司的引導下，在那張床上等待阿努比斯的降臨。待她入睡後，那祭司按事先的安排將穿著阿努比斯神袍的美杜斯帶進了神廟，這情慾迸發的青年衝過去親吻自己愛慕的女子，寶蓮娜被驚醒了，她非常驚異。

美杜斯對她說，她理應感到高興才對，因為他便是她仰慕已久的阿努比斯神。由於她的祈禱和供奉，他從天界下凡，來與她幽會，如果按他的意思去做，他們便能生下另一位神。然而，寶蓮娜卻先問她這位天界情人：神是否能與凡人歡媾、是否習慣如此。美杜斯馬上回答說神能與神喜歡的人歡媾，說當年阿耳戈斯國王之女達那厄被囚禁在銅塔裡，天神朱比特化作金雨穿進塔頂，和達那厄幽會，後來生下了柏修斯，還將他們都帶入了天界。聽了這番話，寶蓮娜滿心歡喜，她同意按神的意願去做，滿足神的要求。

於是，喬裝的阿努比斯神裸身上床，享受了渴望已久的擁抱溫存和肉體交合。當美杜斯黎明時分離去時，還告訴這個受愚弄的女子說她已懷下了一個兒子。

早上，祭司們撤去了神廟中的那張床，寶蓮娜回去後也將發生的事情告訴了丈夫。這位愚蠢的丈夫相信了這個故事，並祝賀妻子即將生出一位神。倘若那個無恥的美杜斯不曾洩露自己的騙術，這對可憐的夫婦無疑還會熱切地期盼著神子降生的時刻。

美杜斯在實施騙術後，嘗到了寶蓮娜接受他愛撫的熱烈和與她做愛的甜蜜，欲罷不能，打算長期佔有她的胴體。他尋思，若向她說明

《祭祀阿努比斯的行列》
二十世紀初 美國
弗雷德里克‧亞瑟‧
布里奇曼

自己如何聰明地奪取了她的貞操，她就會更情願、更急切地盼望與他再度幾個同樣的夜晚。這樣一來，他便可以一次次地按照老辦法，讓寶蓮娜不斷投入他的懷抱。

在一次寶蓮娜去神廟的路上，美杜斯便低聲對她說：「寶蓮娜，你太幸運了，因為你懷了我的孩子，而我就是阿努比斯神。」然而，他說完這句話的後果，卻大大出乎他的意料。寶蓮娜驚呆了。回想起美杜斯的言行，終於知道自己中了他的圈套。她心情懊喪地回到家裡，將美杜斯和祭司們耍弄的詭計如實地告訴丈夫。

丈夫氣惱萬分，便將這件事報告給了提比略皇帝。在拿到了這個騙局的證明後，提比略皇帝下令將那些祭司斬首，並判處美杜斯流放。寶蓮娜上當受騙的經歷成了羅馬人閒聊的話題。她因自己的愚昧和荒唐而出了名，那名氣超過了她以前的名聲。而她以前的名聲，乃是因為她對阿努比斯神的無比虔誠，悉心地保護自己的貞潔。

阿格麗派娜
——被暴君兒子殺死的淫婦

朱麗婭·阿格麗派娜(Agrippina)是羅馬著名暴君尼祿的母親，因高貴的出身、顯赫的世系和巨大的權力而受人矚目。又因她兒子特別是她自己的恐怖性格和惡劣作爲而聞名，最後竟死在自己的暴君兒子之手。

朱麗婭·阿格麗派娜的父親傑馬尼庫是一位品性受人稱讚，對國家做出過很大貢獻的傑出人物，後被當時的羅馬暴君提比略毒死。母親阿格麗派娜也因反對暴君毒殺自己丈夫而絕食身亡。後來她的兄弟卡利卡拉當了皇帝。

她丈夫格涅烏斯·多米提烏斯是阿赫諾巴布斯家族成員，性格嚴峻，傲慢自負。阿格麗派娜爲丈夫生了一個兒子，取名叫尼祿。那孩子出生時，腳先出娘胎，世人都將他看做一頭野獸。就是這個尼祿，日後成了羅馬帝國著名的暴君。

尼祿幼年時，他父親多米提烏斯便因水腫而死。阿格麗派娜的兄弟卡利卡拉見她非常美麗，便粗暴地姦污了她。

卡利卡拉做了皇帝之後，爲了報復自己令人憎惡的兄弟，阿格麗派娜便與羅馬三巨頭執政官之一的李比達通姦，企圖利用他奪取權力。於是，卡利卡拉下令剝奪了阿格麗派娜幾乎所有的財產，將她放逐到一個海島上。後來，卡利卡拉被自己的士兵殺死，他的繼承者克勞迪烏斯將阿格麗派娜召回了皇宮。克勞迪烏斯成了羅馬皇帝。他雖然是阿格麗派娜的舅父，但阿格麗派娜還是心甘情願地嫁給了他。他們成婚一是由於克勞迪烏斯的自願，二是由於元老院的請求。阿格麗派娜終於獲得了「奧古斯塔」的稱號，這是只給皇帝的母親、妻子、姊妹和女兒的最神聖稱號。她

坐在馬車上，以過去唯有祭司才能享有的殊榮，被送到了國都羅馬。接著，阿格麗派娜便開始殘酷地懲罰那些與她為敵的人。她非常工於心計，並且能抓住千載難逢的機會。她想讓自己的兒子尼祿長大後繼承王位，但克勞迪烏斯有自己的親生兒女。於是她串通執政官阿佛拉尼烏斯‧布魯斯，在一個曾和阿格麗派娜通姦的名叫帕拉斯的自由民的慫恿下，克勞迪烏斯終於將繼子尼祿當成了自己親生兒子。

不僅如此，阿格麗派娜還誘使克勞迪烏斯答應，將他與前妻梅薩麗娜所生的女兒奧克塔維婭嫁給尼祿，而當時，奧克塔維婭已和青年貴族庫克來修訂了婚。得到這些好處之後，阿格麗派娜便認為那頭野獸已經落入陷阱。於是她又策劃了一個陰謀，企圖將克勞迪烏斯置於死地。她這樣做，並非因為厭惡克勞迪烏斯不斷暴飲暴食，饕餮無度，而是擔心當時年歲尚小的克勞迪烏斯的兒子布利塔尼庫斯在其父去世前長大成人，妨礙他兒子尼祿登基。

克勞迪烏斯很喜歡吃蘑菇，常說蘑菇是神的食品，因為它們沒有種子也能發育生長。

阿格麗派娜知道丈夫的這個嗜好，便在這方面作起了文章。她叫人精心挑選了幾個蘑菇，做熟後，在上面仔細地灑了毒藥。另一些人說，是阿格麗派娜趁著克勞迪烏斯喝醉時，親手將那盤蘑菇端到他面前請他品嘗，或是阿格麗派娜買通了為克勞烏斯嘗菜的閹人哈羅圖斯，讓他將那盤蘑菇端給了皇帝。當時，克勞迪烏斯正在神廟與祭司們一道吃飯。克勞烏斯吃了有毒的蘑菇後，開始嘔吐腹瀉，過了一段時間，不知什麼原因，他不但沒死，反而逐漸康復。

為使克勞迪烏斯不斷嘔吐，阿格麗派娜又串通御醫，讓他用塗了毒藥的羽毛不斷刺激這位皇帝的咽喉，以達到使其致死的目的。最後，克勞迪斯被送回寢宮，死在了那裡。但除了阿格麗派娜，誰都不知道皇帝已死。直到阿格麗派娜的

朋友幫她讓尼祿做了皇帝，她才公布了克勞迪烏斯的死訊。她以克勞迪烏斯的兒子布利塔尼庫斯太年輕為由，不讓他做皇帝而將自己的兒子扶上了皇帝的寶座。就這樣，阿格麗派娜誘惑自己的舅父，使他娶了她又用蘑菇毒死了他，然後依靠暴力和欺詐將一個無能而又可惡的青年推上了皇帝的寶座。

這次事變使尼祿高興萬分，作為對母親的報答，在公開和私下場合賦予母親很多榮譽和權力。實際上，尼祿為自己取得的只是名號，而他為母親取得的則是實權。阿格麗派娜就這樣凌駕於羅馬的最高統治者之上，使其名字遐邇皆知。不過，她這種輝煌榮耀卻被一個醜惡的污點玷污了：她曾多次大發雷霆，殺死和放逐過許多人。人們看到，阿格麗派娜曾允許尼祿對她表示不正當的愛，它已超出了對母親的關愛。實際上，在尼祿的眾多嬪妃中，就有一個相貌酷似他母親的妓女。每當尼祿與阿格麗派娜一起乘轎時，兩個人衣服上的污漬便證明了他們之間的那種不正當關系。

另一些記載說，阿格麗派娜因種種原因遭到尼祿的訓斥時，為了重獲那些似乎要失去的權力，她便引誘兒子與她亂倫。為了證實個說法，那些史料還提到：據說從那以後不久，尼祿常常極力迴避與阿格麗派娜作伴和私下交談。

為了獨霸大權，阿格麗派娜在許多方面對兒子都十分嚴苛。久而久之，身為皇帝的尼祿開始痛恨她。待自己的地位鞏固後，尼祿便伺機剝奪了她的一切名號和皇族身分。阿格麗派娜對此十分惱火，威脅說要奪回自己為兒子取得的帝國。尼祿被她的話嚇壞了，他深知母親絕頂精明，深知她能得到許多朋友的幫助，因為那些朋友都還記得阿格麗派娜父親傑馬尼庫的恩德。尼祿曾三次下手想毒死阿格麗派娜。但阿格麗派娜異常狡猾，每次都用解藥逃脫了死亡。這使尼祿終於意識到，若想使這個邪惡而狡點的對手死於非命，必須設計出一個更詭秘的騙局。

《赫利阿帕盧斯的玫瑰》
十九世紀　英國（荷蘭）
勞倫斯・阿爾瑪-塔德瑪

　　尼祿向自己幼年時的老師、一位海艦隊司令官阿尼薩烏問計，阿尼薩烏告訴這位皇帝如何僞裝船隻失事，他說，毫無疑心的阿格麗派娜只要一上船，失事的船隻便可要了她的命。尼祿很讚賞這個主意。阿格麗派娜從安堤厄姆到來時，尼祿裝出一副孝順模樣，擁抱母親，並護送她到住處，彷彿對以前仇恨母親深感懊悔。後來，阿格麗派娜上船去用晚餐，那只船已奉尼祿之命被做了手腳，是專爲使她送命而準備的。陪著她的是兩個自由民，一男一女，對將要發生的事都不知情。船起航後，行駛到夜間，密謀者發出了一個信號，沉重的鉛船頂便塌了下來，男自由民首先被壓死了。海上並沒有風，水手們便企圖將船弄翻，把阿格麗派娜等人掀到海裡淹死。女自由民拼命呼救，被用船槳和船篙打死。阿格麗派娜肩部受了傷，最終被拋進了海裡。但她僥倖地被岸上的人發現並救了起來，把她送到了她在路克萊尼湖畔的別墅。

　　按照阿格麗派娜的吩咐，一個釋放的奴隸去通知尼祿說，阿格麗派娜乘船失事但獲救了。尼祿爲掩蓋自己的罪行，下令逮捕了他，藉口是他企圖行刺皇帝。隨即派阿尼薩烏和一個海軍百夫長去殺阿格麗派娜。阿尼薩烏包圍了阿格麗派娜

的別墅，找到了她的住所，唯一陪伴著阿格麗派娜的那個年輕女僕也逃走了。尼祿黨羽們闖進了屋子，阿尼薩烏先用棍子朝阿格麗派娜頭上猛擊，那個百夫長拔劍隨即向她刺去。阿格麗派娜看見劍朝她刺來，便挺起肚子，大聲說他們應當刺她的子宮。

阿格麗派娜就是這樣死的。當夜她便被火化並胡亂地葬掉了，這倒也是她罪有應得。後來，她的朋友們爲她建造了一座很不顯眼的墳墓，地點在通往米塞穆的公路邊，離羅馬人的大統帥尤裡烏斯‧凱撒的別墅不遠。

阿格麗派娜死後，那個卑劣兇殘的暴君兒子尼祿還去仔細查驗了她的屍身，阿格麗派娜才被埋葬。

阿庇查麗斯
——捨生取義的巾幗英雄

阿庇查麗斯(Epycaris)是外國人而並非羅馬人。她不但沒有顯赫的世系和高貴的出身，而且她本人也是個普通的自由民。儘管如此，在生命即將結束時，她卻顯示出了男子般的堅毅和高尚精神。

當時當政的羅馬皇帝尼祿，是個著名暴君。他在位期間，弒母殺妻，陷害恩師、迫害基督教徒，暴行令人髮指。羅馬和義大利各族人目睹了尼祿的種種倒行逆施和越來越厚顏無恥、越來越放蕩不羈的行為，都忍無可忍。

在洛修司·皮索的帶領下，幾位元老院議員和許多市民便開始密謀推翻尼祿。他們召開各種會議，擬定各種計劃，準備時機成熟時動手實施。阿庇查麗斯是個非常有正義感的女子，積極參與反對尼祿的活動，因而，他們的計劃和參與者的名字，她都第一時間獲知。

不過，在阿庇查麗斯看來，這些人籌劃的事情拖延得過長了。她為此著急，為了壯大力量，推進計劃的實施，她喬裝改扮，到義大利西部的卡巴尼亞去發動力量。

途中，她偶然在波佐里鎮停留，去見了阿尼薩烏，此人現在是個千夫長，是羅馬海軍艦隊司令。當年尼祿的生母阿格麗派娜就是他遵照尼祿之命殺死的。這善良的女子相信，她若能使沃洛修司站在密謀者一邊參加反對尼祿的行動，他們的計劃便能得到有力的支持。於是，阿庇查麗斯見到了阿尼薩烏之後，首先滔滔不絕地向他歷數了尼祿的罪惡、傲慢和無恥，接著談到了尼祿對阿尼薩烏本人的忘恩負義，因為阿尼薩烏殺死了阿格麗派娜，為尼祿立下過大功，但阿尼薩烏卻從未得到過任何好處和晉升。最後，她將推翻尼祿的計劃告訴給

阿尼薩烏，極力想將他拉入密謀者入的行列。然而，結果卻大大出乎阿庇查麗斯的預料。阿尼薩烏想知道自己的忠誠是否能贏得皇帝的恩寵，因此，這個卑鄙小人一得到尼祿皇帝的召見，便向他密報了阿庇查麗斯講的一切。尼祿勃然大怒，下令抓捕所有參與密謀的人，但阿尼薩烏卻提供不出名單。因為阿庇查麗斯十分機敏，在與阿尼薩烏談話時，見他猶豫不決，便沒有將參與者的姓名告訴他。於是，尼祿便將阿庇查麗斯抓來盤問，打算一網打盡。

阿庇查麗斯被捕後，審訊官們用盡了各種辦法，也無法使她開口招供。沒有辦法，只好將她押回牢房長期囚禁。不想，在此期間，密謀者們無意中自己暴露了秘密，因而阿庇查麗斯又被帶去過堂。

審訊官們認為，阿庇查麗斯是個女子，不可能像男人那樣忍受刑

〈維納斯為亞尼斯向火神請求武器〉
十八世紀 法國
佛朗索瓦・布歇

訊，因此他們對阿庇查麗斯長時間施以重刑，決心使其招供，以免顯得自己無能，敗於一個女子手下。然而，無論怎樣逼供，阿庇查麗斯堅決不洩露鎖入自己頑強心胸中的任何秘密。最後，她被押回牢房，待次日再審。阿庇查麗斯現在已不能走路了。她擔心自己第三次過堂時會挺不住。次日，當她被放在一張帶靠背的椅子上抬去過堂。趁看手不注意時她撕下胸衣，將它繫在彎曲的蓬頂上，做成繩套，套在了脖頸上，然後將身體的全部重量從椅子上摔下去，觸地慘死。

爲了不給那些密謀者帶來傷害，阿庇查麗斯就這樣英勇就義了。她用自己的行動證明了「女人唯一不說的是她並不知道的東西」這句古老格言並不完全正確，尼祿之流白費心機，一無所獲。這女子的所爲，確實堪稱壯舉。但我們若想到那些參與密謀的傑出男子的懦弱，她便更加令人驚嘆。

而那些密謀的男人的身分被別人揭露之後，他們當中竟無一人能堅強地承受阿庇查麗斯曾承受過的折磨。他們甚至不等審訊官向他們描述完那些刑訊方法，便馬上交代了自己知道的一切。結果，這些懦弱的男人們，既未救了自己，又未救了朋友。與此相反，那位光榮的女子卻救了所有的人，唯獨未救自己。

大自然將各種靈魂與各種煩人結合在一起時，有時也會犯錯。換言之，他打算將某個靈魂給予一名男子，卻將它給錯了一個女人。不錯，阿庇查麗斯是女兒身，但她卻具有一個男兒的靈魂。所以說，上帝賦予我們每個人的靈魂是否適得其所，要靠我們每個人的行爲去爲之證明。

鮑萊娜
——以身殉夫的大哲學家之妻

蓬佩雅·鮑萊娜(Pompeia Panlina)是羅馬著名哲學家、悲劇作家洛修司·安涅烏斯·塞涅卡的妻子。塞涅卡曾任羅馬帝國罪惡昭彰的暴君尼祿的老師，塞涅卡老年時，被烙上了皮索陰謀案的印記，後來竟被尼祿賜死。

鮑萊娜的確切家世已無從查考，她究竟是羅馬人還是外國人也無人知曉。儘管如此，她的高尚作爲使她成了一個誠摯熱愛丈夫的優秀範例。

尼祿以「參與暴亂」爲藉口，找到打擊塞涅卡的辦法，這是出於尼祿的惡劣習性，或者說，這是由於他天生痛恨美德。不過，也有人說，那是由尼祿的妻子波佩雅和尼祿的御林軍統領提格里努的挑唆，尼祿才做出了一個殘忍的決定：他通過一個百夫長傳旨，讓塞涅卡自己選擇死法。

鮑萊娜見丈夫塞涅卡準備自殺，便不顧丈夫鼓勵她活下去的撫慰和關照，她爲最純潔的愛所激勵，勇敢地決定用與丈夫相同的方式與丈夫一同自殺。就在丈夫自殺的同一刻，鮑萊娜毫不畏懼，踏入溫水池，割開了自己的血管。尼祿皇帝並不格外仇恨鮑萊娜，他想透過某種方式向世人展現他的寬容與慈悲，以遮掩其殘暴的作爲和天性。於是，下令給鮑萊娜全力救治，但她的血流卻無法很快止住，這位非凡女子臉上一片蒼白。幾經周折，他們終於保住了她的性命。此後，鮑萊娜過著堪稱典範的寡婦生活。數年後，還是追隨她時時緬懷的丈夫而去了。她是以榮耀的塞涅卡之妻的身分死去的，因爲她不可能有其他名份。

忠貞的愛情與神聖莊嚴的婚誓，使這位高尚的女子選擇了與年

邁的丈夫共同赴死，而不是像大多數女子那樣，選擇屈從於可恥的再嫁來保住性命，這讓人如何評說呢？

波佩雅
──淫邪王后

薩彼娜・波佩雅(Shbina Poppea)是提圖斯・奧利烏斯的女兒。提圖斯・奧利烏斯並不屬於地位最高的貴族。薩彼娜・波佩雅的名字不是取自父親，而是取自她著名的祖父波佩雅烏斯・薩彼努斯，他是著名的羅馬執政官，享有成功的盛譽。倘若波佩雅具備良好的道德人品，她本來會成為一位極優秀的女子。

實際上，波佩雅的魅力超群出眾，很像她母親。當年，她母親是全羅馬最美的女子。不僅如此，波佩雅的嗓音也圓潤和諧，其甜美大受稱頌。她一貫表現得端莊典雅，但內心卻十分淫蕩，尤其是擅長勾引異性。

她雖然不常在公眾場合露面，但知道人們都很願意看她的臉，特別是那些地位高貴的公民，都渴望與她親近。因此，她外出時，總是用面紗遮住半個臉，她這樣做並不是為了抵御男人們的淫慾，相反，如此半遮半掩，反而能引起眾人的注意，吸引眾多的目光。她這樣不使自己過分暴露，旁觀者便得不到充分滿足，反倒吊起了他們的胃口，越看越是想看。她喜歡人們離開她後都懷著一種強烈願望，即看到她被遮掩在面紗後面的容貌。足

〈卡利卡拉的審判〉　十九世紀　西班牙　馬蒂尼

見其工於心計，深諳此道。

　　不僅如此，波佩雅從不吝惜自己的名聲。因此，只要能獲益，只要能得到自己想要得到的，無論何時何地她都會放縱自己的情慾，並不區分對方有是婦之夫或是單身男人，不管是做丈夫還是當情人。眾神賦予了她應有盡有的高貴的氣質、優雅的風度和天仙般的美貌，凡間的男人無不渴望得到她。她雖因這些醜行而聞名，命運卻依然十分寵愛她。波佩雅擁有豐厚的資產，足以維持她家族的顯赫，毫無生計之憂。

　　因此，她第一次結婚便嫁給了羅馬的一位騎士魯福斯·克里普。她為丈夫生下一子之後，便接受了奧佐的追求。奧佐是個體格健壯、縱情聲色的青年，他的勢力很大，因為他是羅馬皇帝尼祿的同夥。波佩雅先是與奧佐通姦，不久之後又做了他的妻子。

　　不知是奧佐想利用波佩雅討好尼祿，從尼祿處得到想要的好處，還是他無法忍受這個任性妻子的行為方式，抑或是對波佩雅性情的深刻了解——無論什麼原因，每當奧佐與尼祿共進晚餐起身告辭時，人

們往往會無意中聽到他說，他必須立即回到妻子那裡，他捨不得離她太久。

她身上寄寓著男人渴望的樂趣與快樂。尼祿是個極爲貪色的暴君，這些議論輕而易舉地勾起了他的色欲。很快，波佩雅心甘情願、滿懷熱情地進入了皇帝的寢宮。尼祿不久便深深地陷入了這個女人的狡猾誘惑中，他覺得奧佐反覆強調的那些話千眞萬確。

波佩雅十分精明，雖然看出了尼祿的心思，卻欲擒故縱，她想慢慢地達到自己的目的——成爲羅馬皇帝的正式妻子。她常常會淚流滿面地對尼祿說，她不能按照自己的意願將全部的愛情給予她的情夫，因爲婚姻的束縛還將她與奧佐捆綁在一起。而她知道皇帝也受到束縛，因爲尼祿對他的寵妾——女奴阿克台十分體貼關懷。

這些花言巧語逐漸打動了這位暴君的心。尼祿很快就疏遠了阿克台，奧佐被藉口授予特殊榮譽派往魯斯塔尼亞省擔任總督。尼祿與母親阿格麗派娜關系曖昧，又握有重權，波佩雅便對尼祿進行挑唆，說他尼祿在任何時候都不能隨心所欲，更不能行使權力。還說尼祿只是一個受監護的人，一切都得聽命於他那個如監護人一樣的母親。由於幾乎人人都痛恨阿格麗派娜的傲慢自負，誰都不反駁波佩雅的這番話，於是，尼祿設計使這位邪惡的母親暴死身亡。最後，波佩雅見這個皇帝熱烈地愛上了她，再也離不開她，便開始向尼祿張開了婚姻之網。但尼祿早已有了妻子，名叫奧克塔維婭，是先皇克勞迪烏斯的女兒。爲了排除這最後一個障礙，在裴特洛紐斯擔任執政官時期，她爲這皇帝生下一女，尼祿爲此非常高興，給她取名爲奧古斯塔·波佩雅。現在波佩雅懷著燃燒的慾望，極力說服尼祿娶她爲妻，竟恬不知恥地說：她從未與哪個男人連續睡過兩夜後而不立即嫁給他的，她不願做墮落女人。她理應嫁給皇帝，因爲她很美，況且還爲他生了後代。

昏憒的尼祿色迷心竅，將妻子奧克塔維婭放逐到邊域的海島，不久波佩雅又慫恿尼祿下令處死了她。如此，波佩雅終於嫁給了尼祿，成了羅馬帝國的皇后。波佩雅依靠極為隱秘姦詐的詭計，終於達到了權勢之顛，但她並未在高位上享受太久。殘暴的尼祿在她第二次懷孕期間，盛怒之下踢了她，使她受傷不治而死。

尼祿對此悔恨萬分，他拒絕依照羅馬的習俗將她的屍體火化，而是下令將屍體塗上防腐油，以外國國王的隆重葬儀公開出殯，最後安放在了羅馬最顯貴的尤里烏斯家族的墓地中。

尼祿煞費苦心，當眾發表了長篇頌詞，特別讚美了波佩雅的非凡美貌，稱讚了命運或自然賦予她的某些才能，卻未說出她具備哪些出眾的美德。

忒阿瑞婭
——隨夫夜戰的女殺手

忒阿瑞婭(Triaria)是洛修司·維吉琉斯的妻子，他是羅馬皇帝奧魯斯·維吉琉斯的兄弟。她之所以出名，不是因為其家族的榮耀，而是由於她具有非女性的性格。也許是出於對丈夫熾烈的愛，也許是生性殘忍，忒阿瑞婭竟像英勇的鬥士一樣，與丈夫一起投入敵陣中搏殺。當年，羅馬權貴韋巴世香與維吉琉斯皇帝對帝國政見不一，導致國內衝突不斷。一次，一個名叫猶里安努斯的人帶領一群角鬥士，進入了早已被羅馬人征服的沃爾錫人的城市泰拉西。與這些角

鬥士一道的，還有羅馬艦隊的許多水手，他們遵照統領阿波里那的命令，將船泊在離西塞羅山不遠的地方。

沃爾錫人早就對羅馬人的統治不滿，所以韋巴世香的党羽很快便佔領了泰拉西納城。此後，他們有恃無恐，表現疏忽懶散，這給羅馬人的反攻造成了可乘之機。忒阿瑞婭的丈夫洛修司・維吉琉斯在一名奴隸的指引下，率領軍隊於夜間進入了泰拉希納城。昏昏欲睡的敵人和充滿敵意的居民尚未來得及拿起兵器，他已手持長劍，向他們發起了猛攻。

當夜，忒阿瑞婭也隨著丈夫進了那座城。她渴望丈夫獲得勝利，於是不顧一切也手握長劍，與維吉琉斯的士兵一道衝向那些倒霉的敵人。在她四周都是尖叫吶喊、揮動著兵器、迸濺著的鮮血和瀕死的喘息。忒阿瑞婭全身心投入到戰場的殘殺之中，以致在他們奪取該城之後，人們說她因對敵兇殘而為之驕傲。

在純潔的人心中，夫婦之愛的力量無比巨大。只要丈夫們的榮耀能受到讚揚，忒阿瑞婭這樣的女子便會無所畏懼。她們一改女子的羞澀心理，毫不在意身處何種環境，為了丈夫的榮譽，忒阿瑞婭做出的這些事情，不但會使女子望而生畏，而且會使強壯而好戰的男人懼怕。

珀洛帕
——名耀詩壇的天才女子

珀洛帕(Proba)是一位名副其實的傑出女子，她在文學上的學識值得人們銘記。

她的家世與出身雖不得而知，但據一些人的推斷珀洛帕是羅馬人，可能出生於奧爾特鎮。她丈夫名叫阿戴豐，他的情況無從得知。

珀洛帕是位虔誠的基督徒。無論珀洛帕的老師是誰，有一點十分清楚，即她在文學上訓練有素，功底深厚。她的絕大多數作品充分證明了她通曉許多學問，不但精通拉丁文學，而且熟悉希臘文學。尤其突出的是，她靠專心研讀，精通了羅馬著名詩人維吉爾的偉大詩作，並將它融會貫通於心。或許，正是珀洛帕有一天在閱讀維吉爾的作品時，突然產生了不同尋常的靈感和洞察力，根據維吉爾的作品，以輕鬆平易、使人喜聞樂見的韻文，去撰寫《舊約》和《新約》中的故事。一位女子能產生一個如此崇高的構思，本已彌足稱奇；而實現這個設想，則更令人驚嘆。

珀洛帕全心去實現這個虔誠的設想，她從維吉爾的詩中吸取營養，在維吉爾的《牧歌》、《農事詩》和《伊尼達爾》當中潛心尋覓，有時摘取一段作品的全部詩句，有時則摘取另一些段落中的部分詩行。她以高超的技巧改編這些片斷，將各個片斷聯成一體，將整句的詩行巧妙地結合在一起，使之服務於自己的創作目的。她以創世紀為開篇，用詩歌表現《舊約》和《新約》中的故事，一直寫到聖靈降臨。她在創作中始終遵守格律法則，保持詩歌的嚴謹，乃至唯有真正的鑒賞者才能分辨出其中的接縫。

這篇作品無懈可擊，不熟悉它的人會很容易以為維吉爾既是先

《薩福與阿爾凱奧斯》
十九世紀　英國
（荷蘭）
勞倫斯・阿爾瑪-塔德瑪

知，又是福音書作者。

　　珀洛帕的這個成就，我們從中還可以得出這樣一個值得讚許的結論：珀洛帕精通《聖經》，信奉基督，即使我們這個時代的男人也很難做到這一點，這實在是件憾事。不僅如此，這位出類拔萃的女子還將這些苦心寫作的詩篇匯集起來，取名爲《百句集》。《百句集》問世以來，人們爭相誦讀，一致認爲這是一部非常了不起的作品，值得永遠銘記。

　　具備如此才智的人必定能寫出過很多值得稱道的作品，決不會滿足僅此一項成就。可惜的是，不知什麼原因，或者是由於抄寫者的漫不經心，所以未能留傳至今。珀洛帕的作品中還包括一部摘自古希臘最偉大的盲人詩家荷馬的《百句集》。珀洛帕在這部作品中施展了同樣的技巧，並使用了與那部摘自維吉爾的作品相同的主題材料。而這正是珀洛帕以一首異教詩歌爲參照而寫出的力作。

弗斯蒂娜
——「軍營之母」

弗斯蒂娜‧奧古斯塔(Faustina Augusta)是被後代作為神來供奉的。她生前聲名顯赫，威福有加，死後又名聲噪耳，並被神化。這不是因為她有什麼豐功偉績美好品德，實際上這一切都應歸功於他丈夫對她的過分慷慨和寬容。

她是羅馬皇帝安東尼‧彼烏斯和弗斯蒂娜的女兒，長大後嫁給了她父親的養子瑪庫斯‧安東尼。

老皇帝安東尼死後，弗斯蒂娜便與丈夫一起治理國家，並根據元老院的一道命令，被加上了「奧古斯塔」的稱號，這在羅馬是對皇帝最尊重的的母親、妻子、姊妹等的尊稱。在當時，這是作為女子的絕大榮耀。雖然在此之前一些皇后也曾被她們的丈夫加封為「奧古斯塔」，但在弗斯蒂娜之前這個稱號從未被元老院正式頒令授予哪位皇后。

弗斯蒂娜的絕色美貌，被人們極力推崇，以至於使人以為她的肉身裡被灌入了屬於神的某種東西。為了保護她的美貌，防止她的美麗因年邁與死亡而消損，使其長留於世，元老院頒令將她年輕及成年時的肖像銘刻在金幣、銀幣和銅幣上。即使這些肖像缺少了弗斯蒂娜的嘴部表情、雙眸的運動、生動的面容以及愉快的神態，卻依然能證實她的非凡美貌。不過，她的美麗雖說聞名天下，但她卑污的行為卻像可恥的印記一樣，同樣程度玷污了她的名聲。

據說除了自己的丈夫外，弗斯蒂娜還有情人，而且不只一個，而是有許多情人。在這些醜聞當中，人們知道了弗斯蒂娜一些情人的名字。據說她的丈夫安東尼曾發現了弗斯蒂娜與她的情夫共進早餐。除此之外，在她的眾多情夫中還有她

的女婿。

最爲可恥的是，據記載，弗斯蒂娜還愛上了一個角鬥士，她對那個角鬥士畫思夜想，如痴如狂，終於得了病，直至生命垂危。爲了保住性命，她將自己的欲念告訴了丈夫安東尼。安東尼找來了醫生，醫生說，若想輓救弗斯蒂娜的生命，必須撲滅她身上的慾火。安東尼便按照那醫生的建議，下令殺死了那個角鬥士，並趁那人血未涼之時，塗遍了弗斯蒂娜的全身，如此這般弗斯蒂娜的情慾和病症才得以治癒。

然而，有頭腦的人卻都認爲說她生病痊愈純屬虛构。弗斯蒂娜那時已懷了身孕，後來生下的孩子便是考特門斯·安東尼，他長大後的邪惡行爲最終表明，他的父親是個角鬥士而不是安東尼。而弗斯蒂娜之所以懷上他，也並非因爲渾身塗了那角鬥士的血，而是因爲與那角鬥士交歡。

這些故事更張揚了弗斯蒂娜的醜名，而安東尼的朋友們便勸他殺死弗斯蒂娜，如果做法人道一些就將她休掉。然而，這位皇帝卻生性溫和。儘管因妻子的通姦行爲讓他感到痛苦，卻拒絕聽從朋友們的建議，寧願忍受妻子給自己帶來的恥辱，也不願使她受到懲罰。他回答他的那些朋友說，他不能殺掉弗斯蒂娜，那樣對她太苛刻了。倘若與她離婚，他便不得不將嫁妝退還給她，他試圖讓朋友了解：他能做皇帝，全是弗斯蒂娜的功勞。體面女子一向受人注目，她們的事情，是瞞不過世人眼睛的。弗斯蒂娜的此類事情世人皆知，就不一一列舉了。

安東尼在東方的國王中管理公眾事物非常出色，在此期間，弗斯蒂娜卻病倒了，醫治無效，最終死在了帝國的旁省。

在安東尼國王的要求下，元老院封她爲神，這是羅馬女子此前從未獲得過的殊榮。安東尼又賜予她「軍營之母」的稱號，在她死的地方建造了一座宏偉的神廟，以弗斯蒂娜的名義，命人製作了許多雕像

《美婦與執褲子弟的
戰爭》
十九世紀末 英國
比亞茲萊

放在神廟中。不僅如此,他還在神廟中建立了一個由年輕女祭司組成的教派,並為其取名為「弗斯蒂娜教」。

弗斯蒂娜在很長的時間裡都享受著對女神般的膜拜。這種地位為她彌補了因放蕩而損失的名聲。

塞彌亞密拉
──母以子貴的風塵女子

塞彌亞密拉(Semiamira)是希臘人，生於埃美撒爾城。我們不知道她父親的名字，但知道她的母親是埃美撒爾的沃里婭。她母親有個姊妹名叫朱麗婭，是已故塞沃魯斯‧珀提納克斯皇帝的妻子。

塞彌亞密拉早年曾賣身青樓，所以在一段時期內，聲名狼籍，但她的兒子沃里瓦斯‧埃拉加帕斯竟成了羅馬帝國的皇帝，她本人在元老院裡也獲得了舉足輕重的地位，成了顯赫一時的大人物。

我們用不著詳細描敘塞彌亞密拉早年從事妓女行當的那些齷齪行為，還是從她的兒子如何從一個妓女之子而成為羅馬帝國皇帝的事談起。

塞彌亞密拉對外聲稱，她曾做過羅馬皇帝安東尼‧卡列卡拉的皇妃，她的兒子沃里瓦斯‧埃拉加帕斯便是這位皇帝的兒子。但是，塞彌亞密拉因賣淫而聲名狼籍，埃拉加帕斯自幼便被同學們稱作「瓦里瓦斯」，這個名字並非來自其外祖母沃里婭的名字，而是因為埃拉加帕斯多半是他母親與「形形色色」男人交媾懷上的。因為「瓦里瓦斯」是拉丁語「形形色色」及「各種」的意思。埃拉加帕斯最初是太陽神福玻斯(希臘神名阿波羅)神廟的祭司，他長得很英俊，祭司的身分也使他十分出名。外省的士兵們不了解情況，卻根據他母親的說法，認為他是已故皇帝卡列卡拉之子。在他姨母朱麗婭皇后的宮廷裡，他的外祖母沃里婭積攢了大量金錢，她用這些金錢鼓勵外省士兵反對當今皇帝瑪克利努斯，並企圖推翻他而選擇埃拉加帕斯做皇帝。因為卡列卡拉的安東尼家族的名望在羅馬軍隊中很有影響，而瑪克利努斯皇帝是殺死卡列卡拉而登上皇位的，將

士們都希望這個家族的後人重新做
皇帝。不久，他們在安塔基亞附近
推舉埃拉加帕斯做皇帝，並稱之為
安東尼，公開進行推翻瑪克利努斯
的活動。

　　瑪克利努斯皇帝當時也在安塔
基亞，聽到了這個消息，對沃里婭
的膽大妄為深感震驚，並認為這次
事變完全是她一手策劃的。他要消
滅對他的反叛，於是派了一個叫朱
利安努斯的人率軍包圍了埃拉加帕
斯，可是剛一應戰，將士們都站到
了埃拉加帕斯一邊，將朱利安努斯
殺死了。瑪克利努斯又去親征，結
果也大敗而逃，不久便與皇子狄安
努斯一道被殺死在俾斯尼亞的一個
小鎮上。這樣一來，人們便認為埃
拉加帕斯已為其父卡列卡拉之死復
了仇，無可爭辯地取得了帝國的皇
位。

　　埃拉加帕斯到了羅馬，元老院
全體議員都在等待他，並極為熱情
地為他加冕。

　　兒子迅速崛起，使塞彌亞密拉
本人的地位發生了根本變化，從妓

女一躍而成為太后，成了羅馬宮廷
的掌權者之一。埃拉加帕斯雖說生
性邪惡，但他知道自己當了皇帝，
完全是靠外祖母和母親的幫助才實
現的，於是他加封塞彌亞密拉為羅
馬皇帝母親的最高榮譽稱號——奧
古斯塔。他對母親言聽計從，幾乎
一切事情都要經過母親的同意才
做，這更使塞彌亞密拉的地位如日
中天。

　　在到達羅馬的當天，埃拉加帕
斯便召集元老院議員，讓他們請求
他母親加入元老院，元老院為她安
排了議員座席，她也像其他議員一
樣，堂而皇之地坐在席上發表政
見。

　　一個卑污的妓女，剛從妓院中
走出，便坐到了一群如此傑出的男
人當中，在一個決定王國命運的地
方，聽一個素與老鴇為伴的女人發
表政見，這是多麼可笑的事！

　　此後，塞彌亞密拉得到了她那
個一無所長的兒子的高度尊重。若
不陪著最卑污的母親，埃拉加帕斯
從不進元老院。皇帝既然如此，眾

人對她更是無比崇拜，將她的地位看作高於所有的女預言家。

　　埃拉加帕斯還荒唐地在庫裡納山上挑選了一個被稱爲「議事廳」的地方。讓有些名望的女子在指定的日子裡到那裡集合，要她們像元老院議員那樣制定法令，並通過與女性事務有關的法律。他指定塞彌亞密拉爲這個「聰明」的元老院的首腦。據說，塞彌亞密拉簽署過許多荒謬絕倫的法令。那群人制定的法令規定了女子應當如何著裝，各種女子適合佩帶哪種首飾，應當對誰禮讓，應當在誰面前起立，應當主動去親吻誰。不僅如此，她們還規定了誰該坐馬車，誰該騎馬，誰該坐騾子拉的大車，誰該坐轎以及諸如此類的事情不一而足。這些事情與其說是法令，不如說是荒唐的玩笑，都是這些愛慕虛榮的女子和毫無頭腦的俗眾感興趣的無聊問題。儘管如此，人們當時也不得不認眞地對待它們。

　　塞彌亞密拉本性難移，她的一切言行更像妓女而不像貴婦，也不像一國之尊的皇帝母親。她的昏憒兒子淫蕩放縱且揮霍無度，終於得到了報應。埃拉加帕斯被手下的士兵殺了，塞彌亞密拉也失去了頭上的光環，與兒子一道被殺死，屍體被扔進了下水道，又從那裡被沖入了台伯河。如此，她臨終的卑污下場與其早年從事的骯髒行當便非常一致了。腐敗的統治終究會激起民眾的不滿和反抗，靠專制力量強制實施的事情都不會長久。

潔諾比雅
──戎馬一生的英勇女王

帕米拉女王潔諾比雅(Zenobia)是一位極具美德的女子。她南北征戰，戎馬一生，功勳卓著，威名遠播，所有異教貴族女子都無法同其相比。她的著名首先是由於血統儘管沒有記載其父母的史科，但佐諾笆其實是著明的埃及法老托勒密的後代。

潔諾比雅自幼就像個男孩子，她鄙棄女子從事的那些活動，喜歡戶外活動，積極鍛煉體魄。她身體強健，意志堅強，常常住在深山和叢林中狩獵，用弓箭射殺野羊。隨著膽量和力量的增強，她敢與兇猛的狗熊搏鬥，還敢去捕殺豹子和獅子。她穿越山谷和高低不平的山坡，尋找野獸巢穴，在露天過夜，經受暴雨、酷暑和嚴寒。經過這些考驗，潔諾比雅的身上再也找不到女性的弱點。據記載，她的體格十分健壯，氣力大於男子。她還擅長搏擊，技藝超群。在角力和體育比賽中，她只要稍稍用力，便能戰勝同齡的年輕男子。

潔諾比雅身材健美，膚色微深，黑眸皓齒，魅力逼人。但她一向鄙視兒女之情，不屑與男人交往，極為看重自己的貞潔。到了結婚年齡，在朋友的建議和撮合下，她嫁給了奧多修司親王。奧多修司是個出身高貴的青年，他和潔諾比雅一樣喜歡各種磨煉和挑戰，強健堅忍。當時，羅馬皇帝沃里安已成了波斯國王薩努巴耳的俘虜，並被判做奴隸。潔諾比雅知道丈夫奧多修司決定去征服那個東方的帝國，便決定與丈夫一起出征。她戴上鎧甲，穿上王袍，收攏秀髮，重整英姿，與丈夫一起擔起了埃及王室名號，勇敢地起兵去攻打薩努巴耳。奧多修司因不爭氣的兒子加里安這時正過著毫無作為的懶散生活，他

們便帶上養子希羅德斯，在她丈夫的指揮下，勇敢地投入了戰鬥。

此時，波期國王薩努巴耳已經佔領了美索不達米亞的大部分地方，潔諾比雅不畏艱險行軍作戰，有時行使軍隊將領的指揮職能，有時則作爲一名普通戰士參加戰鬥。經過苦戰，終於打敗了那個能征慣戰的凶敵，同時還將美索不達米亞併入他們的管轄範圍。潔諾比雅與丈夫一起攻佔薩努巴耳的軍營，俘虜了他的一些嬪妃，繳獲了大量戰利品，一直追擊到特西芬，將敵人趕了回去。

不久之後，波斯的庫羅魯斯僭取了波斯帝國的王位，埃及派兵興師問罪，齊諾比西又參加了粉碎庫羅魯斯的戰鬥，發揮了很大作用，並取得了勝利。從此，她完全控制了這個與羅馬接壤的東方帝國。

潔諾比雅與奧多修司有兩個兒子：一位名叫赫列尼安努斯，另一位叫提摩勞斯。一天，奧多修司和他的養子希德羅斯突然被一名叫墨昂丘的表親殺害了，此人奪得了王位。有些記載說，這次謀殺是出於墨昂丘的嫉妒，但另有一些記載則說潔諾比雅同意殺死希德羅斯，因爲她常常責備希德羅斯軟弱無能，並想以此確保她與奧多修司的兒子繼承埃及帝國王位。

墨昂丘做埃及法老期間，潔諾比雅曾有一段時間沒有採取任何行動，但墨昂丘不久便被手下的士兵殺了。王位空缺，而潔諾比雅的兩個兒子尚在幼年，這位心地高尚的女子便以兒子的名義執掌了帝國的王權，將治國的重任擔在了自己的

肩上。王袍加身，開始她對帝國的統治。

潔諾比雅絕非軟弱的國君，她治國有方，國勢日隆，就連當時的羅馬帝國皇帝加努斯乃至其後的皇帝克勞迪烏斯都不敢產生任何反對她的念頭。東方國家的人則更是如此。無論埃及人、阿拉伯人、撒拉遜人、甚至亞美尼亞人，都不敢反對她。

潔諾比雅治軍有方，對軍隊的戰鬥力要求極高。她的軍隊紀律嚴明，將士們都十分敬畏她。她行軍時很少坐馬車，經常騎馬，有時還會與步兵團一道步行三、四里路，並走在軍旗前面。她與士兵們說話時，總是戴著頭盔，偶爾還與手下將領們一起飲酒。為了以巧計和親善征服波斯和亞美尼亞王公，她也與他們飲酒，但其他時間卻滴酒不沾。

她依然萬分仔細地保持著自己的貞潔，不與任何男人交往。據史料記載，丈夫奧多修司活著的時候，除了為繁衍後代，從不與她交歡。潔諾比雅極為謹慎，每次與丈夫交歡後都要等很長時間看看自己是否懷了孕。若懷了孕，她便不再允許丈夫碰她，直至生育並身體潔淨之後；若未懷孕，她便願意按照丈夫的要求，將自己交給他。為了避免受到各方面妨礙，潔諾比雅在生活中只允許謹守道德的年長宦官替她做必要的家務，她將精力都投入到治理國家之中。

她的大部分時間都用於打獵和作戰，但這些事情並未妨礙她的學習。除了自己的母語之外，她還通曉埃及語和敘利亞語，她還通過希臘著名哲學家泰奧弗拉斯特的著作學習希臘文。這些語言技能，使她能熟練地閱讀拉丁文和希臘文寫成的所有著作及各個蠻族的歷史，並寫下了這些著作的摘要，將這些知識銘記心中。

埃及帝國在潔諾比雅的治理下，國勢日益強大，乃至在羅馬皇帝加里安、奧勒留和克勞迪烏斯皇帝去世之後，其繼承者奧里利安當羅馬皇帝時，才開始策劃打垮潔諾

比雅，企圖一洗羅馬受到的恥辱，奪回失去的榮譽。奧里利安在羅馬帝國得到鞏固並控制了一切之後，便開始精心準備征討潔諾比雅。奧里利安發動了對蠻族國家的進攻，他率領精銳的羅馬軍團，殺到埃美撒爾城。

城中的潔諾比雅毫無懼色，與盟友紮巴一道扎盤與奧里利安對壘，雙方進行長期鏖戰。羅馬軍隊實在太強大了，佔了上風，潔諾比雅不得不率部撤退，但剛退到帕米拉城便被奧里利安的軍隊包圍了。羅馬人命其投降，遭到了潔諾比雅的拒絕，她和她的部下頑強地守護著這座城地。戰至後來，潔諾比雅的軍需被切斷了，前來增援潔諾比雅的波斯人、亞美尼亞人和撒拉遜人也遭到了羅馬人的截擊。

帕米拉城處於孤立無援境地，再也無力抵禦奧里利安的強大軍隊了，羅馬人猛攻終於攻破了帕米拉城。

失敗後，潔諾比雅帶著她的孩子們騎著駱駝逃離該城，準備前往波斯。在奧里利安士兵的追擊下他們全部被逮捕了。他們被押到勝利者面前，羅馬皇帝奧里利安此時十分自豪，他戰勝了一個強大的對手，打敗了國家的一個勁敵，重新找回了羅馬帝國的榮耀，帝國從此又將稱雄世界了。

他將潔諾比雅和她的孩子們以及繳獲的全部勝利品一起帶回羅馬，準備在他的凱旋儀式上示眾。羅馬舉行了盛大的凱旋慶典，潔諾比雅的出現使凱旋式顯得更為壯觀。羅馬人傾城出動，爭睹為快，幾近瘋狂。奧里利安向公眾展示他繳獲的戰利品，在許多值得銘記的非凡物品中，潔諾比雅的那輛鑲著黃金和寶石的名貴戰車尤其引人注目。當年，潔諾比雅曾打算乘著這輛戰車進入羅馬，不是作為囚徒，而是作為勝利的征服者接管羅馬帝國。現在，她成了羅馬人的階下囚，與孩子們一起，被押解著走在那戰車前面，頭戴王冠，身穿王袍，項上和手腳被鎖著金鏈，佩帶著珍珠和罕見的寶石。她疲憊不

堪，但頑強的生命力支撐著她，她仍然高傲地揚著頭。

羅馬當局對這位失敗了的英雄女子仍不失敬仰，他們釋放了她。元老院給了她一塊蒂沃利附近的地產，讓潔諾比雅與孩子們生活在那裡。此後，她和孩子便在那裡過著無聲無息的平靜的生活，直到老年。人們根據她的名字稱她生活的地方為「潔諾比雅」，離後來的羅馬皇帝哈德良的帝宮不遠，即被當地居民稱為「肯坎」的那塊地方。

朱安
——暗結珠胎的女教皇

朱安(Joan)似乎是個男名，其實她是女子。她長期隱瞞了自己的性別，居然當上了基督在塵世的代表——神聖的羅馬教皇。有關她真實姓名的材料很少。但據說她最初的名字叫卡爾波圖(Cilibertum)，生於萊茵河與梅茵河交匯的梅茵茨爾。

朱安天生麗質、聰明好學，可惜的是她在少女時和一個年輕男生戀愛，由於太愛那個男生，她拋棄了處女的羞澀和女性的怯懦，偷偷逃出了自己的家門，改了姓名，換上了年輕男人的裝束，跟隨自己的戀人跑到了英格蘭。那青年在英格蘭學習期間，她一直陪伴著他，與他一起學習文學和宗教經典，人們都把她當成一位年輕男子，一名虔誠的教士。

後來，她的戀人死了。朱安知

道自己有聰明的頭腦，又爲知識和學問所吸引，應該繼續學習和深造，便繼續女扮男裝，不與任何男人交往，繼續隱瞞眞實性別，深居簡出一心向學。由於學習勤奮，文學與宗教經典方面的學問大增，被看作出類拔萃的教士。

在學得了大量知識以後，朱安便離開了英格蘭，到了羅馬。此時她已不再年輕了。她在羅馬講授文法、邏輯和修辭三門學科，經多年努力，培養出了不少傑出的弟子。除了學識淵博，朱安還以超群的美德與聖潔而受到普遍尊重，被眾人當作男子的典範。

朱安的聲望日高，到教皇利奧五世去世後，各地紅衣主教一致推選她爲羅馬教皇的繼承人，稱她爲約翰。當時的基督教不允許女人做這樣的神職人員，這樣的事情人們連想都不敢想。但朱安對此並不懼怕，她登上教皇寶座，慨然承擔一切宗教使命，並將聖職賦予其他主教。幾年中，朱安一直佔據著傳教信徒的最高位置，一直充當著基督在塵世的最高代表。

她欺蒙了廣大教眾，卻欺蒙不了萬能的上帝。上帝體恤他的百姓，不允許眾多的人受到如此不幸的誤解和欺騙。上帝要讓她自己暴露自己，自己懲罰自己，因爲她膽敢做她本不該做的事。

在私生活上，朱安素以貞潔著稱。但她壓抑多年的性慾並沒有在體內沉寂。也許受了魔鬼的慫恿，朱安被提升到教皇的高位上以後，又很快成了淫慾的犧牲品。她能長期成功地隱瞞自己的性別，卻撲不滅色慾的烈火。她找到了某個男人，這男人情願偷偷地跨在聖彼得的後繼者——教皇的身上，滿足她無法控制的性慾。於是發生了這樣的事情：教皇懷孕了。

這是多麼可怕的結果！這是多麼可恥的罪惡！上帝的耐性是多麼不可戰勝啊！這女子雖能如此長期地騙過眾人的眼睛，卻對即將到來的可恥臨盆束手無策，只好帶著身孕繼續主持各種宗教儀式。

在耶穌升天節前的祈禱節中，

〈教皇里奧十世與二主教像〉
十六世紀　佛羅倫斯
拉斐爾・桑蒂

教徒們必須舉行懺悔遊行儀式，身爲教皇的朱安自然是不可或缺的人物。當她隨遊行隊伍從雅尼庫勒姆山走向羅馬教皇的拉特蘭宮時，已強烈地感覺到自己要分娩了。這雖然早於她的預計，但此時已經無可避免。在圓型競技場與克萊門特教皇宮之間，她痛苦地當眾分娩了，一切暴露無遺，眾人都驚呆了。

　　紅衣主教們立即將她逐出人群，這可鄙的女人帶著孩子離開了。

　　後來，教皇與教士們及會眾慶祝祈禱節時，仍不忘譴責朱安的惡劣和齷齪，人們對她深惡痛絕。她分娩的地方在遊行路線的一半，人們都憎惡那個血腥的地方，紛紛避開它，從旁邊的幾條街道繞行。繞過那個令人痛恨的可惡地點以後，人們才回到主路上，走完原定路線。

埃果德耳達
——自尊自愛的佛羅倫斯少女

埃果德耳達(Enguldrada)是拉維利亞家族的後裔。該家族在佛羅倫斯城曾一度非常著名，埃果德耳達雖沒有轟轟烈烈的感人事蹟，但令人稱道的是：在羅馬皇帝面前，她以驚人的膽量捍衛了自己的尊嚴。

在佛羅倫斯，有座「施洗者聖約翰教堂」，那教堂以前是供奉戰神瑪爾斯的神廟，後來才成為供奉上帝的教堂。

一天，埃果德耳達與佛羅倫斯的許多女子一道在教堂裡慶祝節日。慶典正在進行當中，神聖羅馬帝國皇帝奧托四世偶然來到佛羅倫斯，帶著大批皇宮侍從，走進了那座教堂。皇帝的蒞臨，使教堂裡所有人都喜出望外感到萬分榮幸，節日的慶典更加歡樂壯歡。奧托四世坐在御座上，觀賞著教堂裡的陳設、聚集的市民和站在四周的女子，目光一下子停在埃果德耳達身上。這位年輕姑娘容貌美麗，雖然衣著樸素，但舉止高貴，神情端莊，在眾多女子當中顯然超凡脫俗，特別引人注目。皇帝凝視良久，心中讚美不已。

正巧，站在皇帝身邊有一個名叫波林奧涅的佛羅倫斯市民，此人因年齡較大地位高貴而受人尊敬，他正是埃果德耳達的父親。

皇帝向他問道：「請問，那位坐在我們對面的姑娘是誰？在我看來，她這麼高貴的舉止容貌超過了所有的人。」伯林奧涅帶著幾分老於世故的機智，畢恭畢敬地笑著答道：「陛下，無論她是誰，只要陛下願意，她都會按照我的吩咐來親吻陛下。」

埃果德耳達聽到了這番話，既感到十分意外又感到十分氣惱。父親毫不在乎她的堅貞，毫不在意保

護她的處女貞潔，又使她深感失望。不等那位皇帝答話，她已經面色飛紅地站起身來，用堅定而尊重的語氣大聲說：「父親，請住口吧，不要再說了。憑上天起誓，除非使用暴力強迫，任何男人都絕對得不到你如此輕易應允的東西——除非在合法的神聖婚姻中，你將給我的那個男人！」

這發自內心的深切表白震驚了在場的每一個人，連皇帝也一時間驚呆了。他雖是日耳曼蠻族，目睹這女子勇敢的舉動，聽了他說的話，也不由肅然起敬。他明白了這姑娘是誰，也理解了她高尚聖潔的決心。埃果德耳達表達的情感是天經地義的，它不僅寓於她處女之心的最深處，而且，一種來自貞潔的深刻衝動還將它昭告天下，這實在難能可貴。

皇帝當場做了長時間講話，高聲誇獎和表揚了埃果德耳達，又派人找來了一位名叫古爾多的優秀貴族青年，讓他與埃果德耳達結成伉儷，並開心地說，這樣一來，這姑

〈信任〉　十九世紀　英國（荷蘭）
勞倫斯・阿爾瑪・塔德瑪

娘若想合法地親吻，便不會沒有對象了。皇帝在離開教堂之前，還將一份精美的嫁妝賜給了他們。如此，這姑娘進教堂時還是未婚處女，出教堂時便訂了婚。父親與家人都興高采烈，陪著她回到了家。不久後，她和古爾多幸福地結合了。婚後二人感情甚篤，日後生了許多子女，去世時將丈夫的華美房屋留給了品行高尚的子女們。

喬安娜

——文韜武略的西西里女王

在我們的時代，耶路撒冷暨西西里女王喬安娜(Johanna)，她的門第、人品權力比其他任何女子都更爲著名。喬安娜是尊貴的親王查爾斯的長女。查爾斯親王是著名的卡布裡亞公爵，是西西里暨耶路撒冷已故國王羅伯特的長子。她的母親叫瑪麗，是法蘭西國王菲利浦的妹妹。若是追溯王朝之初喬安娜的先祖，可一直到古代特洛伊城的創建人，眾神之父朱比特之子得耳達諾斯。這個古老的著名家族的父系和母系誕生了許許多多著名的國王。全世界沒有任何一個王朝能比這個王朝或他們父輩的王朝更光輝燦爛。

在喬安娜還是孩子時，她的父親查爾斯就過早去世了。祖父羅伯特沒有其他男孩，唯一活著的後代喬安娜，便在父王去世後成了王位的合法繼承人。她繼承的國土既未延伸到熱帶，也不包括北極或西伯利亞人居住的地方。但是，這片國土氣候溫和，位於亞得里亞海與塔倫尼海之間，一直延伸到西西里海峽。

喬安娜的王國有巨大財富與豐富物產，在這片廣袤的地區內，有數不清的名城、名鎮、海灣、良港、湖泊、礦泉、森林、草原、怡人的風景勝地和果實纍纍的農田。這裡的人口眾多，王侯顯赫，只要仔細察看王國的版圖，便會由衷讚嘆喬安娜是位名副其實的女王。因爲這片廣闊的土地不是尋常女子能統治的疆域。更令人讚嘆的是，喬安娜女王的宏大氣魄與巨大權力非常相配，她完全繼承了祖先無以倫比的光輝品質。

喬安娜加冕爲王之後，便採取一系列行動，不僅在城市、鄉村有人居住的地方，而且在阿爾卑斯地

〈文雅的女騎手〉
十九世紀 法國
阿博特・德克司

區、偏遠的山谷、森林和曠野大力清剿罪犯。不管逃到那裡，都堅決予以法辦。即使逃到堅固的城堡，也派兵包圍攻克，將頑抗的罪犯處以極刑。這是以前任何國王都沒有做到的。喬安娜對這些地區頒布相關法令，使富人或窮人，無論白天夜晚都能平安愉快出行。

她謹慎而嚴格地約束民眾首領和王公貴族的特權，大大地改變了他們的放縱行為，拋棄了以往的驕橫，樹立了自己一國之尊的權威。現在他們一見女王發怒便會戰慄。

這些英明舉措無疑使王國和子民受益匪淺。不僅如此，喬安娜頭腦精明，襟懷坦蕩，具有國王的慷

慨胸懷。她高度重視臣民的儘力效勞，並銘記於心。她為有人耐心，意志堅定，什麼都不能使她偏離正路。厄運經常從個方面打擊她、傷害她，但她臨危不懼、處變不驚，不但平息了王族之間的內部爭鬥，而且極佳的應對了內部紛爭與對外戰爭。

有時她身處逆境，不得不逃亡，不得不承受幾位丈夫不幸棄世的痛苦，不得不承受貴族們的嫉妒、羅馬教皇的威脅以及其他無端的詆毀。但她都能勇敢地面對，堅忍不拔，毫不動搖，以頑強的毅力和高尚的精神戰而勝之。這些卓越成就，對強大有力的國王來說也堪稱偉大，更不用說是女子了。

此外，喬安娜還有許多驚人的魅力。她極富口才，平時說話柔聲細語，令人愉悅；但若需要，她的舉止便具有女王的威嚴。同時，她和藹可親，富於同情心，舉止文雅而又仁慈寬厚。因此在一定意義上，她是百姓之友，而不是高高在上的女王。在富於智慧的國王身上，誰還能找出比這更偉大的品質？充分地描述喬安娜的人品，那非要長篇大論不可。我認為不僅喬安娜的顯赫名聲值得我們尊重和讚嘆，而且她還是義大利絕無僅有的榮耀，因為任何國家都未曾有過如此英明的女王。

天籟系列 02

手繪彩圖珍藏版

考門夫人 著

黑門山路

荒漠甘泉續集

Mountain trailways for youth : devotions for youth people

　　《黑門山路》自譯成中文後，已有多種版本面世，但至今仍沒有哪一個版本，像本書一樣是彩圖珍藏本，歷史考據中世紀的祈禱書風格，加入數十篇中世紀畫家的手繪彩圖，讓讀者除了感受作者考門夫人的清麗文風外，並能領略到基督教藝術之美。

　　今天，《黑門山路》因其長久不衰的影響，已確立其宗教經典的地位。它傳達給世人的生命信仰和生活智慧，使現代人在急速變化的世界中，尋求到人生的位置與心靈慰藉。

九月發行

波希米亞文化出版

國家圖書館出版品預行編目資料

西方名女／喬凡尼‧薄伽丘作 .-- 臺北縣中和
市：波希米亞文化, 2004〔民93〕
　　　面；　　　公分
彩色圖文版
譯自：The occident distinguished women
ISBN 957-29917-2-8（平裝）

1. 婦女- 西洋- 傳記

781.052　　　　　　　　　　　　　93016878

human 02

西方名女

作　　者／喬凡尼‧薄伽丘
譯　　者／蘇隆
總 編 輯／鄭椀予
編　　輯／吳曉青
校　　對／陳若萱、劉清吉
封面設計／周坤藝術工作室
出　　版／波希米亞文化出版有限公司
地　　址／台北縣中和市秀朗路三段50巷29弄3-2號3樓
電　　話／(02)8668-4628
傳　　真／(02)8668-4773
電子信箱／a1354@ms63.hinet.net
郵政劃撥／12935041　旭昇圖書有限公司
電腦排版／陳世洋
印刷裝訂／普林特斯資訊有限公司

總 經 銷／旭昇圖書有限公司
地　　址／台北縣中和市中山路二段352號2樓
電　　話／(02)2245-1480
傳　　真／(02)2245-1479
電子信箱／a1686688@ms31.hinet.net

出版日期／2004年10月
ISBN　957-29917-2-8

波希米亞文化出版有限公司讀者服務卡

　　謝謝您購買本書。為讀者提供更精緻、寬廣的閱讀視野是波希米亞的出版精神，為了提升對讀者的服務品質及更了解您的需要，請您詳細填寫本卡各欄寄回，我們將不定期提供您波希米亞文化最新的出版資訊。

1.購買書籍名稱_____

2.您從何處購買本書_____縣市_____書局

　　□書展□劃撥□網路書店□其他

3.您的姓名_____

　　您的性別□男□女

　　您的生日____年____月____日

　　您的地址_____

　　E-mail_____

4.您的教育程度

　　□碩士及以上□大專□高中職□國中及以下

5.您的職業_____

6.您從何處得知本書訊息

　　□逛書店□報紙□雜誌□廣播□電視□親友□其他

7.您習慣以何種方式購買

　　□書店□劃撥□書展□網路書店□量販店

8.您對本書的評價(請填代號1非常滿意2滿意3普通4不滿意5非常不滿意)

　　內容____封面____版面____校對____

9.您選購本書最主要的考慮因素

　　□作者□內容□價格□其他

10.您是否會購買本公司其他書籍

　　□是　書名_____

　　□否　為什麼_____

11.您最希望我們未來出版何種類型的書籍

　　□文學□史地□哲學□心理□教育□心靈□勵志□企管□資訊□自然

　　□科普□旅遊□時尚□推理□健康□生活□飲食□電影□藝術□辭書

　　□其他_____

波希米亞文化出版有限公司

235 台北縣中和市秀朗路三段 50 巷 29 弄 3-2 號 3 樓

免貼郵票

廣告回信
板橋郵局登記證
板橋廣字第 217 號

波希米亞文化出版有限公司
詠春圖書文化事業有限公司
方圓文化出版有限公司
文圓國際圖書

您對我們的建議

_____

_____

_____